pul

master

L.R. Carrino wurde 1968 in Neapel geboren. Nach einem langen Aufenthalt in Rom hat er seinen Job als Software-Ingenieur an den Nagel gehängt und ist 2011 nach Neapel zurückgekehrt, wo er als freier Schriftsteller lebt. In Italien veröffentlichte er die Romane *Acqua Stort*a, *Pozzoromolo* und eine Reihe von Gedichten und Erzählungen. Er schreibt fürs Theater und Songtexte. Er ist gern allein und liebt die Mathematik, Büffelmozzarella und das Meer im Oktober.

L.R. Carrino

Der Verstoß

pulp master

pulp master
Band 36

Erschienen bei PULP MASTER, Berlin

Deutsche Erstausgabe 2013
Titel der italienischen Originalausgabe:
Acqua Storta

Herausgegeben von Frank Nowatzki
Übersetzt aus dem Italienischen von Klaudia Ladurner,
Nachwort von Angelika Müller und Ango Laina
Lektorat: Angelika Müller
Redaktion: Ute Nowatzki
Cover: 4000
Umschlaggestaltung und Layout: MM-Grafomat
Druck und Verarbeitung: NORHAVEN, DK-Viborg

ISBN 978-3-927734-49-4

This work was negotiated through
Rita Vivian Agency, Padova, Italy

Bibliografische Information Der Deutschen Bibliothek.
Die Deutsche Bibliothek verzeichnet diese Publikation in der Deutschen
Nationalbibliografie; detaillierte bibliografische Daten sind im Internet
über http://dnb.ddb.de abrufbar.

www.pulpmaster.de

Ein Camorrista sollte immer mit dem Kopf denken, niemals mit dem Herzen.

Der Eid der Palillo

Don Antonio ist ein Boss der neapolitanischen Camorra. Seinen Kindern hat er die Werte der Bibel beigebracht, denn er ist davon überzeugt, dass die Bibel vorgibt, was richtig und falsch ist und wie man sich zu verhalten hat. Und sie lehrt Respekt. Sein Sohn Giovanni ist nicht wie er. Giovanni ist auch nicht wie seine Ehefrau Marisole. Er versteht keine komplizierten Sachverhalte, stellt auch nicht so viele Fragen, aber die Familie steht für ihn im Mittelpunkt. Als Jugendlicher verbrachte er einige Monate in einer Jugendhaftanstalt und später dann heiratete er Mariasole Simonetti. Die Ehe wurde von beider Familien vereinbart und sollte den Konflikt zwischen den Familien Don Antonio Farnesinis und Don Pietro Simonettis beenden. Doch dann trifft Giovanni eines Tages Salvatore und alles ändert sich: Er fühlt sich stark hingezogen zu Salvatore, ist verwirrt und meint, es ohne ihn nicht mehr ertragen zu können. Ihre Liebe aber ist »ein Fluch auf dem Altar der Heiligen Klara.« Giovanni lässt es an Respekt vermissen, sowohl gegenüber seiner Frau als auch gegenüber seiner Familie. Und in der Welt von Don Antonio ist das die größte Sünde. Eine Sünde, die sein Sohn teuer bezahlen muss.

All die von Giovanni getroffenen Vorsichtsmaßnahmen, die Heimlichkeiten, die Beseitigung von Zeugen reichen jedoch nicht aus, um den hochwasserführenden Fluss aufzuhalten. Giovanni glaubt längst, dass alle um sein Geheimnis wissen. Die Angelegenheit muss aus der Welt. Um jeden Preis. Bevor es zu spät ist.

Die Geschichte beginnt wenige Stunden vor ihrem Ende und rekonstruiert rückblickend die Ereignisse der letzten drei Tage. Sie ist schnell und schnörkellos geschrieben und unerbittlich wie eine Kugel in ihrem Lauf.

Salvatore lacht, er hat weiße Zähne, volle Lippen, abstehende Ohren, grüne Augen und sieht mich an und lacht. Kein Auge lässt er von mir und hält sich an meinem Arm fest, nur nicht das Gleichgewicht verlieren, nur nicht abrutschen. Er klammert sich an mich, und wie klein Salvatore ist, wie ein winziger Wurm.

Montag, 00.07 Uhr

Mariasole hat recht. Kein Mensch verkauft in Neapel noch geschmuggelte Zigaretten. Damit gibt sich niemand mehr ab, es bleibt nicht genug hängen und dann die Bullen, immer und überall.

Ich meine, man muss sie ja nicht auf der Piazza Dante verkaufen, aber auf der San Domenico hat es immer noch welche gegeben. Sogar die Frau, die nahe der Poliklinik Zigaretten in ihrer Wohnung verkauft hat, ist vor zwei Monaten verhaftet worden. Sie haben sie geschnappt und Sohn und Schwiegertochter gleich mit. Die, die mir der Junge gegeben hat, sind viel zu leicht, die schmecken nicht. Außerdem rauche ich keine geschmuggelten Zigaretten, nur im Notfall. Sonntagnachts zum Beispiel, wenn alles geschlossen ist. Tja, und wie komm ich jetzt an Zigaretten? Ich muss wohl bis zur Piazza Garibaldi, dabei hab ich keine Lust, den Rettifilo entlangzufahren.

Ich binde mir die Armbanduhr über die Manschette. Die Schnalle ist defekt, sie geht immer auf. Und die Pistole stecke ich hinten in die Hose, unter das Hemd.

Normalerweise trage ich sie so, dass sie nicht mit der Haut in Kontakt kommt, denn vom Metall kriege ich immer Ausschlag, aber im Sommer geht es eben nicht anders.

»Haben wir es eilig, Giovanni?«

»Ein wenig.«

»Was hast du vor? Es ist doch Sonntag.«

»Komm schon, Salvatore, bist du so weit? Wo hast du die Umschläge? Ist alles fertig?«

»Hier sind sie. In den gelben ist das Geld. Im weißen steckt die Liste mit den Namen und Adressen. Sonst weißt du doch nicht, wo alle wohnen.«

»Bist du bescheuert, oder was?«

»Ach was, wenn du fertig bist, verbrennst du die Liste samt Umschlag und keiner kriegt was mit.«

»Du bringst mich noch mal in Schwierigkeiten.«

»Schwierigkeiten bekommst du, wenn du das Geld nicht ablieferst.«

»Ja, schon gut ... ich fühl mich nun mal unsicher mit all den Namen und Adressen … «

»Und was willst du sonst machen? Etwa an alle Türen in Secondigliano klopfen?«

»Schon gut, Klugscheißer. Du bist immer super organisiert, ein Scheißbuchhalter eben.«

Salvatore macht das Licht aus, schließt den Gashahn und schaltet den Hauptschalter der Wohnung aus. Wir gehen raus.

Acht Stockwerke, runter ist es angenehmer. Diese Wohnhäuser sind alt, fast alle Wohnhäuser in San Biagio sind alt und haben keine Fahrstühle.

Am Ende der Treppe liegt ein Innenhof. Als wir

unten sind, fällt mir ein klappriger, blauer Fiat Punto auf. Er steht links, unter den kaputten Schaufensterscheiben, die Windschutzscheibe hat ein paar Löcher, anscheinend hat jemand auf die Scheibe geschossen, sie ist aber nicht zerstört worden und steckt immer noch im Auto.

Heute Nachmittag hat das Auto da nicht gestanden, ganz sicher nicht, ich sehe es zum ersten Mal. Aber heute Nachmittag bin ich auch mit den Gedanken woanders gewesen. Es hat auch in den letzten Tagen nicht hier gestanden, davon bin ich überzeugt. So geht das nicht, nein, so geht das überhaupt nicht, ich bin so durcheinander. Früher oder später bekomme ich noch eins über den Schädel und krieg es nicht mal mit.

Wir müssen über den Innenhof, bevor wir rausgehen. Ich sehe kurz hoch und entdecke sie an den Fenstern. So ist das nun mal, wenn man die Leute kennt, wenn man weiß, wie sie sind, wie sie sich bewegen, wie und warum sie sprechen, wenn man wirklich weiß, wie es in Neapel läuft, dann kann man mit diesen Scheißkerlen alles abziehen, was man will. Man kann sie sich hinten in die Tasche stecken, man kann sogar dafür sorgen, dass sie sich gegenseitig niedermetzeln. Man kann sie dazu bringen, den Blick zu senken, wenn sie einem begegnen.

Wir müssen über den Innenhof, bevor wir rausgehen.

»Und das Auto da?«

»Das haben die Jungs von oben hier abgestellt.«

»Das darf aber hier nicht stehen.«

»Und das sagst du mir?«

»Logisch. Wem denn sonst?«

»Okay. Ich rede morgen mit ihnen.«

»Ist schon gut, vergiss es. Ich bringe es ihnen schon bei.«

Im zweiten Stock lehnen drei Kerle am Geländer.

Einer raucht, einer spricht, einer trägt eine Militärmütze mit gebogenem Schirm. Er beobachtet uns, als wir unten vorbeigehen, gibt dann dem, der raucht, ein Zeichen. Der wiederum sieht den an, der spricht und jetzt plötzlich schweigt. Dann gehen sie hinein.

Salvatore spricht leise, sehr leise, damit man ihn nicht hört.

»Eins verstehe ich nicht ganz. Dein Vater hat nichts mehr dazu gesagt?«

»Wozu?«

»Na wegen der Gehälter, dass du sie verteilst ... «

»Immer noch diese Geschichte? Ich hab's dir doch gesagt, wir haben es gemeinsam beschlossen, Papa und ich. Ist doch besser, ich bringe die Gehälter persönlich vorbei. Dann glauben sie, dass sie uns wichtig sind, sie denken, es interessiert uns, ob es ihnen gutgeht, ob sie alles haben, was sie brauchen.«

»Es gibt doch genug Leute, die das machen können. Es gibt andere. Warum musst ausgerechnet du das machen?«

»Die U-Boote setzen wir nur bei denen ein, die wenig bekommen. Die U-Boote bringen nämlich gleich noch den Einkauf mit, vor allem den Frauen, deren Männer im Knast sitzen. Was soll ich deiner Meinung nach machen? Soll ich dafür sorgen, dass einer von denen Franco 'O Vaccaro das Gehalt bringt? Der spuckt mir ins Gesicht, was noch harmlos wäre.«

»Schon klar, aber das habe ich nicht gemeint. Ich habe nicht von den U-Booten gesprochen.«

»Was ist denn los? Hast du ein Problem damit?«

»Nein.«

»Ich habe aber den Eindruck, es stört dich.«

»Aber nein, wie kommst du darauf? Du weißt doch genau, was ich sagen will.«

»Du bist doch so klug, warum fällt dir keine andere Lösung ein? Und jetzt hör auf damit, hier haben nämlich die Mauern Ohren.«

»Mein Güte, was sind wir empfindlich heute.«

Wir gehen durch das Tor, hinaus auf die Via San Biagio dei Librai, mein Blick begegnet dem der Alten und ich hebe kurz meine Hand und grüße. Um diese Zeit verkauft sie noch. Ich grüße auch den Jungen auf dem Mofa, der mir vorhin die Zigaretten gegeben hat. Auf der Piazza San Domenico beobachtet uns eine Gruppe Drogenkuriere, es müssen so sechs bis zehn sein. Ich habe das Gefühl, alle beobachten mich, sie gaffen uns an, durchbohren uns mit Blicken, als wüssten sie Bescheid. Automatisch gehe ich ein wenig schneller, sodass Salvatore hinter mir bleibt.

Wir sind am Auto. Ich habe es an der Mezzocannone abgestellt und dabei unmöglich geparkt. Natürlich steckt ein Strafzettel am Auto. Interessiert mich einen Dreck, morgen sorge ich dafür, dass er sich in Nichts auflöst. Wir steigen ein und ich starte den Motor. Dann mache ich Musik an. Salvatore sieht mich an, sagt nichts, lauscht nur der Musik. Er dreht den Rückspiegel auf seine Seite, betrachtet sich, macht einen Finger feucht und fährt sich damit über die Augenbrauen. Dann dreht er den Spiegel wieder zurück, bringt ihn wieder in die Position von zuvor, aber nicht ganz genau und ich sehe jetzt hinten gar nichts mehr.

Ich will, dass du bei mir bist
wenn draußen schlechtes Wetter ist
ich will, dass du bei mir bist
aber ich will nichts wissen

»Was ist das? Die neue CD von Ida?«
»Ja, genau, die hat mir Peppino besorgt.«

Ich verlasse die Mezzocannone, fahre Richtung Rettifilo, ich will nämlich zum Bahnhof und rote Marlboro kaufen. Doch ich überlege es mir anders und fahre zurück, Richtung Piazza Borsa, jemand wird schon noch offen haben.

Wir lieben uns nur
und sprechen nie
wie schlimm ist es danach
wenn du gehst
und nichts mehr von mir willst

»Wann ist sie rausgekommen?«
»Sie ist noch nicht rausgekommen.«

»Der Song ist schön ... «
»Ich hab Hunger. Gehen wir 'ne Pizza essen.«
»Ist es nicht zu spät dafür?«

Ich fahre durch den Tunnel. Es stinkt zwar ein wenig, aber es ist kühl. Draußen ist es verdammt schwül, man zerfließt förmlich, und von der Klimaanlage bekomme ich Kopfschmerzen.

Zu *Ciro* in Mergellina. Vorhin habe ich noch Hunger gehabt, jetzt ist er mir vergangen. Vielleicht esse ich etwas Obst oder ein Eis, obwohl, vielleicht esse ich doch eine Pizza Margherita, schließlich ist es von der Piazza San Nazzaro nur zwanzig Meter bis zu *Ciro.* Ich parke.

Mir platzt gleich der Schädel, es pocht nur so hinter meiner Stirn.

Verdammt, wie ist Pompeji doch schön, auch ohne Klimaanlage.

»Los geht's, Salvatore.«
»Und was ist mit dem Zeug hier?«
»Das nehme ich mit.«
»Warte, ich hab doch den Rucksack dabei, da können wir alles reintun.«
»Ja, okay, aber gib ihn mir.«
»Denkst du, ich bin bescheuert, oder was?«
»Nein. Aber ich will ihn tragen.«
»Warum haben wir das Zeug eigentlich nicht zu Hause gelassen? Wir hätten es auf dem Rückweg mitnehmen können. Du musst mich danach sowieso nach Hause fahren ... «

»Ich hab keine Lust, noch mal die Treppen hochzusteigen ... Jetzt gib schon den Rucksack her.«

Bevor ich aussteige, stelle ich den Rückspiegel besser ein. Den weißen Panda dort habe ich vorhin auf der Piazza San Domenico gesehen. Ich werfe einen Blick in den Spiegel, bringe meine Haare in Ordnung und sehe durch die Heckscheibe, wie Leute vorbeigehen. In dem weißen Panda sitzt eine blonde Frau und telefoniert. Als sie fertig ist mit Telefonieren, steige ich aus und sie lässt den Motor an und fährt davon. Einen Augenblick lang habe ich gedacht, es sei Mariasole mit einer Perücke auf dem Kopf. Mariasole, die mir nachgefahren ist, die wissen, die verstehen will. Aber dann denke ich, das ist unmöglich, überall sehe ich Mariasole. Außerdem kann ich mir gar nicht vorstellen, dass sie sich eine Perücke kauft, um mir heimlich nachzufahren. Salvatore geht schon wieder neben mir. Aber im Grunde ist doch nichts dabei, wahrscheinlich habe nur ich alle möglichen Filme im Kopf. Das hat mir noch gefehlt: Ich muss mich beruhigen, darf jetzt nicht in Panik geraten. Die Leute könnten es förmlich riechen, wenn sie merken, wie unsicher und nervös ich bin. Aber das mit Salvatore und mir ist ein Geheimnis in dieser Stadt. In dieser Stadt, wo alles hinter geschlossenen Türen geschieht, die Salz über die Schulter wirft, um das Böse und das Unglück abzuwenden. In unserer Stadt sind wir Waisen, sozusagen, und wir machen auch unsere Kinder zu Waisen, früher oder später. Wir werden erschossen, irgendwann schießen sie auf jeden von uns. Und auch in der »Familie« sind wir Waisen, wir denken nur ans Geld und daran, so lange wie möglich zu leben, jeder kümmert sich nur um seinen eigenen Kram. Und die Geheimnisse, die wir haben, bleiben nicht lange geheim. Das weiß ich, es ist unmöglich. Wir müssen leben wie die Maulwürfe, unter der Erde. Und dort sind wir, unter der Erde. Nur dort können wir unser Leben leben, ein wenig zumindest, ein wenig leben, wie es sich gehört.

Verdammt, es ist spät geworden, ich muss nach Hause. Mariasole macht sich womöglich Sorgen. Sie hat schließlich schon so viel um die Ohren, den Großhandel für Reinigungsmittel, die Zahlungen, den Verkauf und diese Woche macht sie auch noch Inventur, ganz allein. Immer will sie alles ganz allein machen, lässt sich nicht mal von den Buchhalterinnen helfen. Und ich will nicht, dass sie sich auch noch meinetwegen Sorgen macht.

»Wolltest du nicht was essen, Giovanni?«

»Nein, mir ist der Hunger vergangen. Außerdem machen sie gerade zu … «

»Alles in Ordnung?«

»Ja, doch, alles in Ordnung … komm, lass uns an die Stelle gehen.«

»Wie spät ist es denn?«

»Also was jetzt? Gehen wir?«

»Du bist verrückt, Giovanni, irgendwann erwischen sie uns noch mal.«

»Wieso bin ich verrückt? Es ist doch schön … wir betrachten nur den Mond, mehr nicht.«

»Ja, klar, den Mond! Du willst mich wohl verarschen ... brennst du mir die neue CD von Ida?«

»Morgen, okay? Kommst du nun mit oder nicht?«

»Ja.«

»Aber zuerst hole ich mir ein Eis.«

»Ein Eis? ... wie du willst ... «

***

Sie wollen gerade schließen. Ich nehme nur Pistazie. Salvatore bezahlt. Kaum bin ich mit der Zunge über das Eis gefahren, spüre ich einen stechenden Schmerz im Mund, oben links. Der Weisheitszahn macht mir Probleme, ich vermute, der schafft es nicht, durchzubrechen, morgen gehe ich zum Zahnarzt. Wir nähern uns dem Leuchtturm, gehen durch die enge Gasse. Inzwischen ist es nach Mitternacht. In einer Seitenstraße vollführt ein LKW ein seltsames Manöver, auf einer so kleinen Fläche, um diese Zeit. Der ist verrückt, das schafft er niemals, einen Anhänger hat er auch noch dran. Was hat der denn sonntags um diese Zeit hier verloren? Das Eis geht mir auf den Wecker, ich werfe es in hohem Bogen über die Mauer, direkt auf die Klippen.

Der LKW ist langsam, sehr langsam, im Rückwärtsgang gefahren. Ich schau mich um, es ist niemand mehr da. Ab und zu hört man ein paar Geräusche von den Klippen, wahrscheinlich eine Nutte, die es einem Kunden besorgt, oder eine Transe, die sich in den Arsch ficken lässt.

Wir sind am Ende der Gasse angelangt, weiter darf

man nicht gehen, nicht mehr. Vor einiger Zeit haben sie einen Zaun aufgestellt. Wir klettern rüber und gehen auf den Felsen weiter.

»Giovanni, nicht so schnell, ich hab glatte Schuhe an.«

»Dann halt dich an mir fest.«

»Als ob das so einfach wäre.«

»Na dann pass eben auf.«

»Wie heißt eigentlich das Lied, das wir im Auto gehört haben?«

»Keine Ahnung … Gib mir endlich den Rucksack! Ich trage ihn, das habe ich dir doch vorhin schon gesagt.«

Auf dem letzten Felsen, danach kommt nur noch das Meer. Auf der linken Seite liegt ein Kreuzfahrtschiff und heute Nacht geht auch gar kein Wind. Salvatore sagt, ich bin ein Vieh, er nennt mich ein Tier. Er lacht, als würde er nie mehr aufhören wollen, und so nehme ich sein Gesicht zwischen meine Hände und küsse ihn.

Sonntag, 17.55 Uhr

»Mach schon auf, Salvatore, es ist verdammt heiß hier draußen.«

Salvatore macht auf, ich gehe durch das Tor und über den Innenhof. Es ist kein Mensch zu sehen, man hört nichts, es herrscht Totenstille. Je näher ich den Treppen komme, je weniger scheine ich zu sehen. Mir ist, als wollten die Treppen mich herausfordern, mir den Mut nehmen. Ich höre, wie sie sagen: »Wir sind sehr viele, eine große Anzahl.« Schon als ich auf die Klingel gedrückt habe, sind sie zu einer fixen Idee geworden und haben sich in meinem Hirn festgesetzt. Es kümmert mich einen Scheiß, dass es hier so verdammt heiß ist, dass ich beinahe zerfließe, ich erreiche die Treppen, schau sie an und sprinte los!

Ich laufe die Treppen hoch. Schnell. Auf jedem Absatz hole ich Luft, wie ein Schwimmer bei jedem Armstoß. Einatmen, Treppe, ausatmen. Einatmen, Treppe, ausatmen. Sieben Stockwerke hoch, nicht aber beim letzten, hier ist die Treppe schräger, steiler. Auf dem letzten Absatz hole ich keine Luft, renne los und spurte ohne Pause die letzte Treppe hoch, nehme sozusagen die Beine in die Hand und rase wie ein Irrer nach oben.

Das schwarze Hemd durchgeschwitzt. Die schwarze Jeans klamm. Die Unterhose klatschnass, die Atmung im Eimer, die Eier schweißgebadet, die Arschritze feucht, ich bin wie aus dem Wasser gezogen.

Salvatore macht auf, bevor ich klopfe.

»Du musst immer rennen, oder? Irgendwie bist du nicht ganz dicht ... Und die Schlüssel?«

»Uh ... hab ich nicht ... Mann, ich schwitze ... Wasser. «

»Komm endlich rein.«

»Hast du Wasser da?«

»Ja, im Kühlschrank ... Und trink nicht so schnell, sonst kriegst du noch ’nen Herzschlag!«

Auf dem Weg zur Küche rülpse ich so laut, dass das Haus beinahe erzittert. Liegt wahrscheinlich an der

Cola von vorhin. Ich zieh mir das Hemd aus, trinke eiskaltes Wasser, behalte einen Schluck davon im Mund, bis es warm wird.

Salvatore macht die Fensterläden zu. Oder besser gesagt, er schließt sie nur halb, *a vanedduzza*, wie seine Mutter aus Catania sagt, und bleibt davor stehen, vor dem Fenster im Wohnzimmer. Ich in der Küche, mit der Mineralwasserflasche in der einen Hand, mit der anderen stütze ich mich auf die offene Kühlschranktür. Kein Geräusch. In der ganzen Wohnung nur das Geräusch, wie ich Wasser trinke, ich, der trinkt, ich, der schluckt, sonst kein Geräusch.

Ich lege die Knarre auf den Küchentisch, schlag die Kühlschranktür zu und will ins Wohnzimmer gehen. Salvatore steht vor dem Fenster und ich, ich hab mir die Mineralwasserflasche mitgebracht und nehme noch einen letzten Schluck. Unter dem Bogen, der das Wohnzimmer vom Küchenbereich trennt, stelle ich die Flasche auf den Fußboden und bleibe stehen. Im Zimmer kann man fast nichts sehen. Aber es ist nicht so dunkel, dass ich ihn nicht erkennen kann, es ist nicht so dunkel, dass er mich nicht erkennen kann. Salvatore steht da wie versteinert, einen Umschlag in der Hand, einen weißen Umschlag, von dem er nicht weiß, wohin er ihn legen soll. Er hat keine Ahnung, was er mit dem verdammten Ding machen soll. Ich gehe auf Salvatore zu, er senkt den Blick, dann schaut er mich an, dreht sich zur Wand. Da ist nichts Salvatore, sage ich leise, an der Wand ist nichts.

Ich nehme ihm den Umschlag aus der Hand und lass ihn auf den Boden fallen. Salvatore zittert ein wenig, ich zieh ihm das T-Shirt aus der Jeans und schnalle seinen Gürtel auf.

Mit dem Handrücken berühre ich seine Haut, Salvatore ist warm, aber keine Ahnung, warum, doch am Ende der Wärme spüre ich, wie mein Handrücken kühl bleibt. Ich ziehe ihm das T-Shirt aus, schmiege mich eng an ihn. Ich packe fester zu und ziehe Salvatore noch näher an mich heran. Meine Zunge dringt ein in seinen Mund. Salvatore macht mich verrückt, ständig will ich wissen, wie es sich in seinem Mund anfühlt. Wie besessen erkunde ich seinen Mund, fahre in alle Mulden, gleite über alle Ebenen. Ich will den Geschmack, den nur er hat, und verschlinge gierig alles an ihm. Für einen Augenblick glaube ich, ihn zu ersticken, meine Zunge steckt bereits in seinem Hals, noch ein Stück und ich bin in seinem Magen. Dann stoße ich mich an seinen Zähnen und verletze mir die Lippe. Die Hosen, seine, meine, seine Unterhose: alles weg, ohne meinen Mund von seinem, ohne seinen Mund von meinem zu lösen. Da ist ein wenig Blut in Salvatores Gesicht, es ist mein Blut. Er fährt sich über den Bart, seine Haut ist so empfindlich und sofort gerötet. Die Hände unter seinem Arsch, hebe ich ihn vom Boden hoch. In unserer Umarmung werden wir zu einem einzigen Jesus Christus, einem Fluch auf dem Altar der Heiligen Klara. Er in meinen Armen, ich sein Kreuz. Ich seine Gnade, um die er bittet, ich seine Gnade, die ich ihm gewähre.

Am Boden, das kühle Parkett am Rücken, mein

feuchter Abdruck auf dem Parkettboden, Salvatores Schweiß, sein Gesicht, die Narbe auf seiner Stirn, seine Füße, die meine suchen. Ich spüre seinen Atem auf meinem Schwanz, dem »Fisch«, wie wir in Neapel sagen. Dann greift er mit den Händen in das Fleisch meiner Hüften. Wir schwitzen, und bald weiß ich nicht mehr, welcher mein Schweiß ist, sein Schweiß, mein Schweiß. Salvatore redet, er sagt lauter Sachen, er spricht ohne Stimme, Salvatore. Diesmal mache ich mir zum Dehnen die Finger nicht mit Spucke nass. Zwei Finger rein, zwei Finger raus, zwei Finger rein, Platz schaffen, den Weg öffnen: diesmal nicht. Diesmal geht es ohne. Ich drehe ihn auf den Bauch und lege mich auf ihn, meine Arme auf seinen, übereinander. Ich küsse sein Haar, seine Ohren, sauge an seinem Nacken, fahre mit der Zunge über die Erhebungen zwischen den Schultern, folge seiner Wirbelsäule wie einem Wegweiser, eine mit dem Mund abzufahrende Strecke, und erreiche den Punkt, der vorhin den Fingern gehörte. Dort ist der Geschmack anders, intensiver. Scharf wie der Geruch der Nacht in den Gärten der Villa Comunale.

Diesmal nicht. Diesmal ist es eine reine Männersache. Zwei streunende Hunde an der Asse Mediano, die sich von Weitem beobachten. Zwei Hunde im Müll, die sich mustern und anbellen, sich wittern und ankläffen, dann wie Kletten aneinanderhängen, sich beschnuppern. Zwei Hunde, die miteinander ficken und für immer zusammenbleiben und dann doch wieder nicht. Zwei Hunde, die ihrer eigenen Wege gehen. Diesmal nicht, diesmal ich und Salvatore.

»Verdammt, Salvatore, es ist spät ... «

»Spät ... wofür?«

»Nein, ach nichts, es ist eben spät. Es ist schon dunkel draußen ... «

»Es muss gerade mal elf sein.«

»Lass uns ausgehen. Irgendwo was essen.«

»Hast du denn Hunger?«

»Ein bisschen ... morgen habe ich eine Menge zu erledigen.«

»Morgen?«

»Ja.«

»Und was hat das mit heute Abend zu tun, dass du morgen viel zu erledigen hast?«

»Nichts, ist mir nur gerade eingefallen, dass ich noch einiges zu erledigen habe.«

»Okay, dann bleiben wir eben nicht lange.«

Ich stehe vom Boden auf, steige in meine Unterhose und hebe die Rolex auf, die unter dem Fenster gelandet ist. Dann gehe ich ins Schlafzimmer, ziehe die erste Schublade der Kommode auf und nehme mir ein T-Shirt heraus. Daneben liegt ein Boxer-Slip und dort, wo der »Fisch« hinkommt, steht:

FRISCH GEFANGEN

Ich lache.

»Was ist denn los? Warum lachst du?«

»Hab gerade deine Unterhose gesehen.«

»Welche meinst du?«

»Na die von NapoliMania.«

»Ach die … die wollte ich dir eigentlich schenken ... «

»Sag mal, hast du denn kein seriöses T-Shirt?«

»Meine T-Shirts sind doch alle seriös.«

»Ja klar! Wie die Unterhose ... zieh dich an, wir gehen gleich los.«

»Ich bin schon angezogen ... Soll ich einen Kaffee machen?«

»Nein. Lass uns gehen.«

Ich gehe wieder zu Salvatore ins Wohnzimmer, er zieht sich gerade den zweiten Schuh an und balanciert dabei auf einem Bein.

»Haben wir es eilig, Giovanni?«

»Ein wenig.«

»Was hast du vor? Es ist doch Sonntag.«

»Komm schon, Salvatore, bist du so weit? Wo hast du die Umschläge? Ist alles fertig?«

Er fragt mich, was mit mir los ist? Das hat er noch nie gemacht. Ich fahre mit meinen Fingerspitzen über seinen Hals, sag ihm etwas, wovon er nichts weiß und was ich ihm noch nie gesagt habe. Er bedankt sich und bedankt sich noch einmal, und dann drücke ich ihn.

Sonntag, 16.38

Von der Via Bakù aus ist es nicht weit, es ist Sonntag, halb fünf am Nachmittag, und kein Mensch auf der Straße. Ich fahre durch Arenella, dann die Via Foria entlang und bin am Museum. Ich biege in die Via Toledo ein, weiter geht es an der Rückseite der Piazza Bellini vorbei, aber ich müsste jetzt oben weiterfahren, nach links, dann biege ich doch besser gleich rechts ab, fahre lieber die steile Einbahnstraße hinauf.

Ich trete abrupt auf die Bremse. Da kommt mir einer entgegen. Er sieht mich kurz an, fährt scharf nach rechts und schnell davon. Den kenne ich, sage ich laut. Eigentlich hatte ich den Satz auf Neapolitanisch im Kopf, aber Salvatore ist immer genervt, wenn ich Dialekt spreche. Er meint, das sei was für Idioten. Auch Mariasole steigt mir aufs Dach, jedes Mal, wenn ich mich mit anderen in unserem Dialekt unterhalte. Also bemühe ich mich, so zu sprechen, wie sie es gern hätten, aber beim Denken funktioniert das nicht, es will mir einfach nicht gelingen, in gepflegtem Italienisch zu denken. Das macht sich immer selbstständig.

Als ich oben an der Straße bin, will ich an der Poliklinik vorbeifahren. Zumindest versuche ich es. Was für ein Verkehr! Eine Schlange, die kein Ende nehmen will. Da steht auch noch eine Feuerwehr. Oder sind es sogar zwei? Von hier aus kann ich es nicht so genau sehen. Ich hupe, ich hupe dreimal, viermal, auch die anderen hupen. Ich mach die Autotür auf, setze einen Fuß auf die Straße und strecke kurz den Kopf raus, ja, da stehen zwei Feuerwehrautos. Jetzt fällt mir auch ein, warum. Hier, neben dem Eingang der Poliklinik, ist doch die Feuerwehrkaserne.

Als ich wieder hinterm Steuer sitze, trifft es mich wie ein Blitz. Ich weiß jetzt, wer der Typ war, der mir eben aus der falschen Richtung entgegengekommen ist: Massimo aus Nisida. Was der jetzt wohl so treiben mag?

Und wie alt war ich damals? Nicht mal sechzehn.

Zehn Jahre sind vergangen, aber es kommt mir vor, als wär's gestern gewesen. Der Direktor sagte einmal, früher habe man auf der Insel den Gesang der Sirenen hören können. Es seien dieselben Sirenen gewesen, die Odysseus verzaubert hatten. Odysseus war einer aus der Antike, einer aus Griechenland, der sehr weit gereist war. »Den phlegräischen Feldern entstiegen«, sagte die Italienischlehrerin.

Keine Ahnung, ob das stimmt, das mit den Sirenen, das muss ich direkt mal Mariasole fragen.

Jeden Morgen Betten machen, das Zimmer aufräumen, sich waschen, zur Schule gehen ... all das hatte ich vorher nie getan. Wie ein Trottel hatte ich mich erwischen lassen, wegen eines Autos, das ich gegen elf Uhr nachts auf der Piazza Dante gestohlen hatte. Die ganze Nacht fuhr ich mit meinen Freunden in diesem Auto durch die Gegend, richtig bescheuert, aber damals war ich noch jung. Heute würde ich so einen Blödsinn nicht mehr veranstalten. Sie schnappten mich, als ich um vier Uhr morgens das Kiss Kiss verlassen wollte. Der Typ, dem das Auto gehörte, war auch da und er entdeckte es auf dem Parkplatz der

Disco. Natürlich verständigte er sofort die Carabinieri. Und als ich aus der Disco kam, lauerten sie mir auf, warteten auf mich, neben dem Auto. Verdammte Scheiße! Musste der Typ unbedingt hierher zum Tanzen? Er war betrunken und mich hatten sie beim Wickel, bereits im Jahr zuvor hatten sie mich mit Haschisch erwischt, deswegen war nichts zu machen, sie haben mich direkt nach Nisida verfrachtet.

Auf Nisida wissen alle, wer ich bin, wohin ich gehöre, wessen Sohn ich bin. Jeder kennt Don Antonio Acqua Storta. Also begegnen sie mir mit Respekt. Sie besorgen mir Zigaretten, Haschisch, Geld für die Aufseher, damit sonntagnachts ein paar Nutten vorbeikommen, besorgen alles, was ich will. Nur Michele nicht, Michele will sich aufpusten wie ein Boss, wie ein Boss der Stadtviertel.

»Er hat mich zu respektieren. Hast du nicht begriffen, wer mein Vater ist?«, sagt er zu Cosimo, der gerade von Michele verlangt hat, mir die Packung Marlboro zu geben, die er in der Hand hält.

Oh ja, Michele ist der Sohn von einem Boss der Stadtviertel, von einem, der was Besseres ist, von einem, der zählt. Aber zu seinem Unglück wird der Vater zwei Tage nach Micheles Weigerung, mir die Zigaretten zu geben, umgebracht, eine Woche vor meinem Geburtstag. Meinen sechzehnten Geburtstag verlebe ich in der Jugendhaftanstalt von Nisida und an meinem Geburtstag machen mir meine Kumpels ein Geschenk.

Nach dem Unterricht arbeiten wir in der Wäscherei,

ich, Cosimo, Peppino und Francesco. Und sie haben sogar Massimo und Michele zu uns geschickt. In der Wäscherei lassen sich die Aufseher niemals blicken. Cosimo geht zu Michele und sagt: »Dein Vater ist tot.« Michele sieht ihn an, ohne ein Wort zu erwidern. »Du kannst jetzt nicht mehr so weitermachen wie bisher«, sagt Cosimo. Michele holt sich einen Wäschekorb, der neben einer der Waschmaschinen steht, dreht ihn um und setzt sich drauf. Peppino zückt ein Messer und hält es ihm an die Kehle. Massimo sieht uns erschrocken an. Er weiß nicht, wie er reagieren soll, er möchte was sagen, er möchte abhauen, aber er bleibt da. Ich beobachte ihn aus dem Augenwinkel, sehe den Beutel mit den Wäscheklammern, der an seinem Arm baumelt.

»Hier wird gemacht, was Giovanni sagt. Von heute an wirst du machen, was man von dir verlangt.«

Micheles Miene verdüstert sich, man sieht ihm an, dass es ihm nicht schmeckt. Er weiß aber auch, er hat keine andere Wahl. Cosimo schlägt ihm ins Gesicht und sagt: »Ist das klar?!«, und dann fährt er Michele mit der Hand übers Gesicht, langsam, ganz langsam. »Als Erstes wirst du dafür sorgen, dass wir ein wenig Spaß haben, sonst vergeht die Zeit hier nie, stimmt's, Giovanni?« Cosimo sieht mich an, will meine Zustimmung, und er bekommt sie, bekommt zu verstehen, dass er weitermachen kann. »Und wenn wir unsern Spaß mit dir haben, dann kann es sein, dass du hier drin 'n ruhiges Leben führst, nicht wahr, Giovanni?«

So Cosimos Worte und dabei macht er den Reißverschluss seiner Hose auf. Wieder sieht er mich an und ich gebe ihm das Zeichen, dass er loslegen kann.

Cosimo holt seinen Schwanz heraus und fängt an, sich einen runterzuholen, direkt vor Micheles Gesicht. Sofort kommt Francesco dazu und verpasst Michele einen verdammt harten Schlag auf den Hinterkopf, damit er näher rangeht an Cosimos Schwanz. Michele nimmt also Cosimos Schwanz in den Mund, rührt sich aber nicht. Cosimo herrscht ihn an: »Streng dich an, Wichser!«, und Michele bewegt seinen Kopf nun vor und zurück.

Cosimo spritzt ab, ein bisschen in Micheles Mund, ein bisschen in sein Gesicht. Francesco wirft Michele einen feuchten Kissenbezug zu und meint: »Mach dich mal ordentlich sauber, Drecksau!« Dann holt auch er seinen Riemen hervor, der aussieht wie der von John Holmes, steckt ihn Michele in den Mund und kommt nach nicht mal einer Minute. »Schluck's runter«, sagt Francesco, »schluck schon und halt's Maul.«

Dann nimmt er Peppino das Messer aus der Hand und überlässt ihm seinen Platz. Peppino wird rot und röter, ein bisschen ist es ihm peinlich, das versteht jeder von uns. Sobald er seinen Schwanz hervorholt, verbreitet sich ein bestialischer Gestank, ein abscheulicher Geruch, einfach zum Wegrennen, als wären wir auf dem Fischmarkt beim Carmine. Michele ist kurz davor zu kotzen, aber keine Chance, Peppino lässt sich auch noch einen blasen. Nach zwei Minuten sag ich zu Peppino: »Fick ihn in den Arsch, den Drecksack.« Francesco und Cosimo drehen Michele auf dem Wäschekorb um, ziehen ihm Hose und Unterhose runter, runter bis unter den Arsch, und halten ihn fest. Peppino spuckt sich in seiner Verlegenheit auf die Finger und fährt damit in Micheles Loch. Ein bisschen Spucke streicht er auch auf seine Eichel. Vier Stöße und er ist drin. Als Peppino fertig ist und raus, dreht Francesco Michele auf den Rücken. Michele wirft mit wilden Blicken um sich. »Ich fürchte mich vor gar nichts, du Arschloch«, ruft er und spuckt in meine Richtung. Ein wenig bin ich schon beeindruckt. Seine Augen quellen ihm vor Zorn und Hass fast aus dem Kopf. »Dann hast du nichts kapiert!«, schreie ich und versetze ihm eine Ohrfeige. Alle sehen mich an, erwarten wohl, dass ich es mir auch besorgen lasse, aber ich kann nicht. Durch meinen Schädel rauscht das Blut, ich bin rattenscharf. Einen Moment lang stehe ich da wie ein Idiot, dann öffne ich den Reißverschluss meiner Hose. Nicht mal Caterina, die Pasquale, der Aufseher, alle zwei Wochen heimlich zu uns hereinlässt, nicht mal Caterina hat eine solche Wirkung auf mich. Ich bin erregt, und man sieht es mir an. So einen Ständer hatte ich noch nie in meinem Leben.

Ich verstehe nicht, was in mich gefahren ist. Vielleicht ist es die Situation, vielleicht ist es die Tatsache, dass einem im Knast jedes Loch recht ist. Aber ich möchte Michele wirklich vögeln, ich möchte ihn blutig ficken, ich will ihm wehtun und dann doch wieder nicht, nein, ich will ihm gar nicht wehtun.

Ich nehme die Hand von meinem Schwanz und sehe Michele an, der erwidert meinen Blick, angeekelt und wütend. In mir steigt eine jähe Wut hoch und ich schlage ihm eins in die Fresse, dass er vom Wäschekorb nur so runterfliegt. Ich packe ihn an seinem T-Shirt, zerre ihn hoch und nähere mich seinem Gesicht.

Es riecht nach Sperma, nach Cosimo, nach Francesco. Ich spüre, es gefällt mir, und schlage gleich noch mal zu und schick ihn zu Boden. Sicherlich denken Cosimo, Francesco, Peppino und sogar Massimo, dass es mich ankotzt. Sie halten mich bestimmt für einen richtigen Mann, weil ich meinen Schwanz nicht in Micheles Mund stecke, denken, dass ich mir lieber einen runterhole. Und außerdem, nächste Woche kommt Caterina. Sie sagen es ihm, während sie ihn vom Boden hochziehen, sie sagen: »Siehst du, Michele? Du stinkst Giovanni an! Von dir lässt er sich nicht mal einen blasen«, und wir lachen.

Francesco nimmt ein feuchtes Bettlaken aus der Waschmaschine und gibt es mir.

Wir umringen Michele, wir alle, außer Massimo.

Ich stehe Michele direkt gegenüber.

Eigentlich hatte ich ihn verprügeln wollen, ein feuchtes Bettlaken tut weh und hinterlässt keine Spuren, so machen sie es mit den Nutten. An Massimos Arm baumelt noch immer der Beutel mit den Wäscheklammern. »Was habt ihr vor mit ihm?«, fragt Massimo. Ich fahre herum, fuchsteufelswild, und brülle: »Das geht dich nichts an. Hau ab!« Und Massimo haut ab. Francesco hält Micheles Beine fest, Cosimo und Peppino schnappen sich jeder einen Arm. Michele liegt da wie ein Kreuz. Ich schlinge ihm das Laken um den Hals, habe nur einen Wunsch, dass dieser Mistkerl sich einpisst. Cosimo und Francesco sehen mich an, sagen aber nichts. Dann beginne ich, das Laken zuzuziehen. Micheles Augen treten schon aus ihren Höhlen, aber seine Gegenwehr ist schwach. Er starrt mir direkt ins

Gesicht, fordert mich heraus, so, als wisse er, dass ich nicht den Mut aufbringe, ihn zu töten, dass es mir nur darum geht, zu sehen, wie er sich vollpisst. Ich ziehe noch fester und er starrt mich weiter an. Die ganze Zeit, während ich ziehe und ziehe, starrt er mir in die Augen, und als Michele stirbt, ist sein Blick noch immer auf mein Gesicht gerichtet.

»Das ist ein richtiger Mann«, schießt es mir durch den Kopf. Das bringt nicht jeder, dem Tod ins Gesicht zu sehen, den unentwegt anzustarren, der einen tötet, noch dazu ohne einen einzigen Laut von sich zu geben.

Die Jungs sind schockiert. Der Erste, der seine Sprache wiederfindet, ist Cosimo. Beinahe lautlos entfährt es ihm: »Giovanni, was soll das?«

»Halt's Maul!«, herrsche ich ihn an, »und wirf das Laken über den Balken.« Cosimo steht für ein paar Sekunden da wie versteinert, dann schleudert er das Bettlaken über den Balken, den ich ihm gezeigt habe. Michele ist auf dem Wäschekorb zusammengesackt, Francesco und Peppino packen ihn und hieven ihn hoch. Ich greife mir den Wäschekorb, stelle ihn unter den Balken, steige darauf und schlinge Michele das Laken um den Hals. Gemeinsam hängen wir ihn auf und verschwinden.

Am Abend, im Speisesaal, verkündet der Direktor, dass sich Michele Melillo in der Wäscherei erhängt hat. Dass der Tod seines Vaters ihn wahrscheinlich zu sehr getroffen und er den Verlust nicht verkraftet hat. Ich beobachte Massimo. Er sitzt an der anderen Seite des Tisches und hört nicht auf zu essen, er sieht nicht einmal auf, schaut immer nur auf seinen Teller.

Tatsache ist, der Direktor bestellte uns alle fünf ziemlich schnell zu sich, knapp eine Stunde nach dem Vorfall. Doch wir hatten uns abgesprochen, auch mit Massimo, und behaupteten, wir wüssten nicht, was passiert sei. Als wir gegangen seien, habe Michele gerade die Bettwäsche aufhängen wollen, allein. Der Direktor glaubte uns nicht, andererseits war der Direktor nicht dumm. Er verstand sehr wohl, dass es für alle Beteiligten besser war, zu sagen, Michele habe »Selbstmord« begangen.

Vier Tage später lassen sie mich frei. Papa hat gute Anwälte, und es ist ihm gelungen, mich aus Nisida rauszuholen.

Und wie alt war ich damals? Gerade erst sechzehn.

Massimo aus Nisida hat nie ein schönes Gesicht gehabt.

Das erste Feuerwehrauto ist in die Kaserne gefahren. Das zweite folgt ihm schnell. Die Autos setzen sich in Bewegung. Ich fahre vorbei an der Poliklinik, vorbei an der Capella Sansevero und komme an der Piazza San Domenico raus. Ich fahre weiter zur Via Mezzocannone und stelle den Wagen vor Stefanos Werkstatt ab. Um diese Zeit, noch dazu an einem Sonntag und bei der Hitze stört es niemanden dort.

Und selbst wenn, wäre mir das auch scheißegal.

Ich gehe ein paar Schritte die Mezzocannone hinauf, und kaum bin ich um die Ecke, sehe ich sie auch schon.

Die Kerle sind wachsam und haben sich gut in Stellung gebracht. Einer kommt auf seinem Mofa wie ein Verrückter von der einen Seite auf mich zu, ein Zweiter setzt sich auf seinem Teil von der Via Croce aus in Bewegung, es kommt beinahe zu einem Zusammenstoß. Und da ist noch ein Dritter, steht an eine Mauer gelehnt, ganz in der Nähe der Piazzetta Nilo. Kaum zehn Sekunden sind vergangen und sie sind mir alle drei auf die Pelle gerückt. Die bekommen einen Monatslohn von zweihundert Euro und glauben, weiß Gott, was zu sein. Sie stehen Schmiere, sie sind da, erledigen ihre Arbeit, und das machen sie gut.

Ein Zombie, bis unters Dach voll mit Heroin und kurz vorm Krepieren, verpisst sich Richtung Via Paladino. Um diese Tageszeit haben die Zombies hier auch nichts verloren.

Sofort werde ich abgecheckt. Die hier kennen jeden, sie müssen jeden kennen. Kunden, Dealer, Aufpasser, Bullen, Drogenkuriere, Handtaschenräuber ... Wenn's hart auf hart kommt, müssen sie nicht eingreifen, sie müssen nur die Zuständigen alarmieren. Sie mustern mich von Kopf bis Fuß, sie schauen mich an und lächeln, als sie mich erkennen, nach zwei Sekunden. Keine Ahnung, ob ich jetzt auch lachen soll.

Also lache ich, und auch der, der vor mir steht, fängt an zu lachen.

Zehn Jahre jünger wird er sein. Weniger. Vielleicht sechs, höchstens sieben.

»Was zum Rauchen gefällig?«

»Was hast du denn so?«

»Willst du was zum Kiffen?«

»Ja, was ist im Angebot?«

»Haschisch.«

Wir mustern uns eine Sekunde lang, dann lachen wir wieder los. Die anderen zwei auf ihren Mofas verabschieden sich respektvoll und kehren zurück auf ihre Posten, zurück an die Arbeit.

»Nein, ich rauche nicht. Rauchen ist ungesund.«

So meine Antwort. Und wir lachen.

Doch dann hol ich die Knarre hervor. Fahre ihm damit über den Schädel.

»Und was soll das jetzt, bitte?«

Ich sehe ihn finster an. Er lacht nicht mehr, der Junge. Für einen Augenblick verliert er die Orientierung.

»Nichts. Entschuldige.«

Nichts für ungut, meint er und steht beinahe stramm. Ich sehe ihn ernst an, dann lache ich wieder, stecke die Kanone weg, unter das Hemd. Es ist nicht nötig gewesen, aber es hat mir Spaß gemacht.

Er lächelt schwach.

»Gute Arbeit, Junge, und pass gut auf.«

»Machen Sie sich keine Sorgen. Alles unter Kontrolle.«

»Ciao … ach, wart mal, hast du eine Zigarette?«

»Klar. Sie können die ganze Schachtel haben.«

»Und du?«

»Ich hab noch eine. Bitte.«

»Danke. Und noch was ... «

»Ja?«

»Was hatte der Typ um diese Zeit hier zu suchen?«

»Der Zombie?«

»Ja.«

»Der wohnt hier gleich nebenan.«

»Ich muss nicht deutlicher werden, oder?«

»Nein. Ich weiß Bescheid. Aber der wohnt nun mal hier. Was soll ich machen?«

»Kümmer dich darum.«

»Ich soll mich darum kümmern?«

»Ja. Und nur damit das klar ist, ich will ihn tagsüber hier nicht sehen.«

»Selbstverständlich.«

Ich grüße die Wasserverkäuferin, die, mit ihrem Getränkehandel an der Via San Biagio. Mir kommt es so vor, als würde es in Neapel niemals regnen. Keine Ahnung, warum, aber es regnet schon seit einer Ewigkeit nicht mehr in Neapel.

Und dann noch das schwarze Hemd. Ich gehe noch ein bei der Hitze. Also bleibe ich bei der Alten stehen, um mir ein Mineralwasser zu kaufen. Nicht dass ich Durst hätte, ich mache es nur, weil, schließlich muss sie auch von was leben. Okay, man kann sich ja vorstellen, wie viele Leute bei dieser Hitze Wasser kaufen.

»In Neapel scheint es gar nicht mehr zu regnen, oder?«

»Das stimmt doch gar nicht. Gestern hat es geregnet.«

»Tatsache?«

»Oh ja. Wo sind Sie denn gewesen, junger Mann?«

In Neapel regnet es nie, aber es schert mich einen Dreck, ob es in Neapel regnet oder nicht. Manchmal kommen mir Gedanken, die sind einfach nur verkehrt. Ich bin nervös. Ich zünde mir eine Zigarette an und es geht mir besser, ein wenig zumindest.

Das Problem muss gelöst werden.

»Nun, junger Mann, wollen Sie die Cola oder nicht?«

»Oh ja, verzeihen Sie, ich war völlig in Gedanken.«

»Na also, mein Hübscher, wie soll sie sein, kalt oder nicht kalt? Haben Sie es sich überlegt?«

»Ach, eigentlich wollte ich doch ein Mineralwasser. «

»Eine Cola schmeckt Ihnen nicht?«

»Nein, davon bläht der Bauch so auf ... Geben Sie mir das Wasser, aber bitte nicht kalt.«

»Ach je! Das hab ich gar nicht. Bei mir steht alles im Kühlschrank. Aber eine Cola habe ich.«

»Warm? Ja, dann geben Sie mir die Cola.«

Als ich zum Tor gehe, fällt mir ein, dass ich die Schlüssel nicht mitgenommen habe. Ich habe sie gestern Abend bei Mariasole im Auto gelassen. War irgendwie blöd, sie in der Tasche der Jeans zu haben. Dabei hab ich doch dran gedacht, dass ich heute herkomme.

Gestern Abend ... da kommt mir doch gleich dieser Mistkerl in den Sinn, der mich hinter der Pallonetto mit seinem Mofa geschnitten hat. Den habe ich anständig zusammengeschlagen, diesen Wichser!

Verdammt, diese Cola ist warm wie Brühe. In dieser Nachmittagshitze sollte man eigentlich überhaupt nicht unterwegs sein. Es ist einfach zu heiß, mich trifft gleich der Schlag.

Ich klingle.

»Mach schon auf, Salvatore, es ist verdammt heiß hier draußen.«

Heute Nacht ist das Meer ohne Salz, es wurde von einer einzigen Welle verschlungen. Auch das Wasser ist schräg, schräg, so wie es manchmal auch gerade ist. Die Wellen auf den Felsen sind nervös. Was hat das Meer bloß, dass es so wütend ist? Was haben wir diesem Meer nur angetan?

Sonntag, 12.15 Uhr

Mariasole ist heute wie vom Teufel geritten. Sie schreit, hat für nichts Geduld, hat auch keine Geduld mit Antonio, ich kann es kaum ertragen, sie zu hören. Ich weiß es. Ich weiß, wozu sie fähig sind. Ich hab es auch getan. Die Ehre, die Ehre der Familie Simonetti, die Ehre der Mariasole, die Ehre der Farnesini. Ich weiß, was in ihren Köpfen vorgeht, ich weiß, was in all ihren Köpfen vorgeht.

»Immer hast du es eilig. Wie immer sagst du mir nichts. Du nimmst mich an der Hand, wir lieben uns, und dann gehst du wieder. Amore mio … ein Schnellfick!«

»Wie redest du denn? Vor dem Kind ... «

»Bist du mal länger als einen Tag zu Hause, muss man das im Kalender anstreichen. Und selbst wenn du da bist, ist es so, als ob du gar nicht da wärst.«

»Was ist denn mit dir los?«

»Was mit mir los ist? Nichts ist mit mir los! Du sitzt schon seit zwei Tagen vor dieser Glotze.«

»Mariasole, wenn du schlecht drauf bist, lass es bitte nicht an mir aus.«

»An wem soll ich es denn auslassen?«

»Ist ja schon gut, alles klar. Ich geh runter und hol was aus der Konditorei.«

»Weißt du, was das Problem ist, Giovanni? Wenn einer mit bestimmten Sachen nicht umgehen kann, dann sollte er besser gar nicht erst damit anfangen.«

»Pass auf, was du sagst, Mariasole.«

»Wieso? Was hast du denn vor? … Willst mich bedrohen?! Mich, deine Frau?!«

»Aaaah ... jetzt geht's vornehm weiter ... Ich geh runter in die Konditorei.«

Zwei Tage vor der Glotze, da muss eine Menge passiert sein. Ich habe mir sämtliche Videokassetten und DVDs reingezogen, die wir haben, auch die Filme, die ich bereits kenne, und ich kann mich an nichts erinnern, an absolut nichts. Mein Kopf ist randvoll mit Gedanken. Heute Morgen dann habe ich mir die Nachrichten angesehen. Sie haben nichts gebracht, was mich interessiert hätte. Oh ja, heute weiß man alles aus dem Fernsehen. Man weiß alles von allen, das, was sie abziehen und warum und wieso. Sie sagen dir nicht, wer es getan hat. Logisch. Aber wer es getan hat, das weiß ich selbst, das brauchen die mir nicht zu erzählen.

Ich bin todmüde, echt, bin erledigt von den Gedanken. Tot. Ich würde so gern von hier verschwinden, jetzt, jetzt. Ich habe Rückenschmerzen, Kopfschmerzen, und heute Nacht habe ich zweimal gekotzt, dabei habe ich gestern Abend gar nichts gegessen, eine Banane und ein Ferrero Rocher. Mir ist, als hätte ich Schaum im Mund, einen trockenen Mund, und Magenschmerzen, die nicht mehr aufhören. Beim Laufen verliere ich manchmal das Gleichgewicht ... Da gibt es nichts mehr zu denken.

Ich höre eine Stimme, irgendwo im Haus, die ganz laut »Heilige Maria« sagt. Jemand hört die Messe im Radio. Der Chor »Bitte für uns Sünder« dröhnt wider in meinem Kopf. Ich fasse einen Gedanken und höre »Bitte für uns Sünder«, ich fasse noch einen Gedanken und dann die schon wieder: »Bitte für uns Sünder« ...

Es kommt mir so vor, als würden die alle in meinem Schädel sitzen und beten. Ich habe den Eindruck, alle wissen, was ich treibe, alle wissen von mir und Salvatore, alle wissen und beten, bitten »für uns Sünder.«

Ich bin in der Konditorei gewesen, habe Vanilleeclairs gekauft, Mariasole mag Vanille. Wer weiß, in welcher Stimmung sie jetzt ist. Hoffentlich können wir in Ruhe essen, im Moment stehe ich das kaum durch mit ihr. Vermutlich ist sie nur gestresst oder einfach nervös, weil sie mich nie sieht oder wegen des Geschäfts. Vielleicht ist sie auch nur müde. Wie auch immer, sollte sie vorhaben, mir eine Szene zu machen, ich stehe bereit. Und selbst wenn es richtig abgeht, dann soll es richtig abgehen.

Eines aber weiß ich genau: Das, was ich heute Nacht gefühlt habe, sagt mir, dass meine Gedanken nicht falsch sind.

Plötzlich überfällt mich blanke Wut. Diese Vanilleeclairs in meinen Händen, am liebsten würde ich sie gegen die Wand werfen, auf die Treppe, und dann laufen, laufen, wie ich bei Salvatore die Treppen hochlaufe. Nach oben, die Tür öffnen, alle umbringen.

Ich habe vor nichts Angst. Mir macht nichts Angst.

Aber nicht Salvatore, den dürft ihr nicht mal mit dem Finger streifen. Salvatore dürft ihr nicht mal berühren.

Ein Häufchen Erde spricht von unserer Anwesenheit auf Erden. Wir sind Maulwürfe, die Fehler machen. Ein Fehler ist eine Kugel, der man ausweichen muss. Früher oder später passiert es, und wenn man nicht aufpasst, wird man am Ende beseitigt.

Sonntag, 03.46 Uhr

Vor einem Jahr, ungefähr. Wir hatten eine Diskussion, stritten uns heftig. Salvatore hat auf der üblichen Geschichte beharrt, hat wieder und wieder gesagt, dass ich nur zum Ficken fähig sei. Er hat mich aufs Äußerste gereizt, hat gemeint, ich sei nur mit ihm zusammen, um nicht entdeckt zu werden. Ob er es sei oder ein anderer, das würde keinen Unterschied machen.

Ich habe leise auf ihn eingeredet, ständig wiederholt, dass das nicht stimme, dass er sich irre. Ich habe versucht, ihn zu beruhigen, ihn zur Vernunft zu bringen.

Aber dann ist er handgreiflich geworden und ich, blind vor Wut, habe seinen Kopf gegen die Wand geschlagen. Danach bin ich weggelaufen, völlig in Rage. Ich bin dermaßen aggressiv gewesen und unten, am Tor, prompt auf einen Alten gestoßen, der eine halbe Ewigkeit gebraucht hat, um die Tür zu öffnen:

Ich habe ihn einfach hochgehoben und auf die Seite gestellt.

Nachdem ich ins Auto gestiegen bin, habe ich die Tür so heftig zugeschlagen, dass die Scheibe zerbrochen ist. Ich habe sämtliche Heiligen aus dem Kalender verflucht, hoch und runter.

Und dann bin ich durch Neapel gerast, wie ein Besessener, in diesem Scheißauto, hin und zurück hin und zurück.

Irgendwann finde ich mich auf dem Parkplatz in Agnano wieder, in der Nähe der Rennbahn. Eine Menge Leute kurven dort herum, auf der Suche nach einem schnellen Fick. Ist doch noch gar nicht so spät, denke ich, nicht mal Mitternacht, aber ich weiß auch, dass es in Agnano zu jeder Tages- und Nachtzeit so zugeht.

Erschöpft vom Durch-die-Gegend-Fahren halte ich an und will mir gerade einen Joint drehen, da nähert sich dieser Typ, einen Dobermann an der Leine. Er fragt, ob er mal ziehen dürfe. »Ich bin noch nicht fertig«, gebe ich zurück. Ohne ein weiteres Wort geht er um mein Auto herum, macht die Tür hinten auf und lässt den Hund auf der Rückbank Platz nehmen. Er steigt vorn ein. Ich bin nicht sicher, ob ich lachen oder sauer werden soll, als er, kaum im Auto, seine Hand auf meinen Schwanz legt. Er macht den Reißverschluss auf, zieht mein Rohr heraus, schlaff und gut, und steckt es sich in den Mund. Zuvor hat er noch gesagt: »Während ich warte, bis du zu Ende gedreht hast.« Er will mir also einen blasen, doch ich lasse ihn gar nicht erst loslegen, sondern befreie sofort meinen Schwanz aus seinem Mund. Zu stören scheint ihn das wenig. »Ich heiße Pino«, sagt er, »und dort, im Auto, das ist Luigi, er gehört zu mir. Wir sind zu zweit. Hast du Lust?« Ich überlege kurz. Es ist nicht so, wie Salvatore sagt. Trotzdem, ich kann alle ficken, die ich ficken will, wenn ich ficken will. Schließlich bin ich zu allem fähig.

»Von mir aus«, sage ich. Pino gibt Luigi ein Zeichen mit der Hand und der kommt sofort rüber, steigt in mein Auto und lässt gleich vier oder fünf blöde Sprüche vom Stapel. Ihm liegt wohl daran, mich wissen zu lassen, dass er Carabiniere ist und geschieden und dass er zwei Söhne hat. Der Ältere ist zwanzig, geht auf den Strich, ist aber nicht schwul. Er mache es nur des Geldes wegen und ist mit einem vierzigjährigen Milliardär zusammen.

»Hoffentlich lässt er sich das Haus überschreiben«, sagt Luigi. Er wirkt richtig glücklich. »Immerhin hat er ihm schon das Auto geschenkt«, fügt er hinzu, »das da, auf dem Parkplatz«. Er deutet auf den Wagen, aus dem er gerade ausgestiegen ist. Pino ist Friseur, arbeitet in einem Laden in Fuorigrotta. Die beiden sind jeden Samstag auf dem Parkplatz von Agnano.

Manchmal gehen sie auch in die Via Brin, denn »auch dort gibt es geile Treffen«, so Luigi. In der Via Brin aber treiben sie es gern allein, getrennt.

Wenn sie nach Agnano kommen, dann sind sie zu

zweit auf der Suche. Und am Samstag sind sie immer da. Ich kann alles machen, denke ich. Denke aber auch, es ist doch nicht dasselbe, Salvatore. Das eine ist der Kopf und das, was ich machen kann, du aber bist etwas völlig anderes.

Ich hole das Kokain heraus, öffne das Handschuhfach, nehme die Fahrzeugpapiere. Ich brauche einen stabilen Untergrund. Ich forme drei Lines auf dem Kraftfahrzeugschein und biete sie beiden an.

Dann fahren wir zu Luigi nach Hause. Ich in der Mitte und die beiden lecken meinen Schwanz. Danach ficke ich sie abwechselnd in den Arsch. Das läuft jedes Mal so, auch die anderen drei Male, als wir uns gesehen haben. Eigentlich ist es gar nicht so oft. Sie wissen nichts von mir, sie haben nicht die leiseste Ahnung. Mein Leben interessiert sie auch nicht. Nur der Parkplatz in Agnano, ein Mal alle zwei, drei Monate, das ist alles. Sie haben nie verstanden, wer ich bin, was ich mache.

Aber jetzt muss ich sie aus dem Weg schaffen: keine Risiken, keine Häufchen Erde. Also rein in die Umgehungsstraße und an der Pferderennbahn wieder raus. Es reicht, einmal um den Parkplatz zu fahren, es sind nur wenige Autos da. Dort steht der Wagen von Luigi, sie sind alle beide drin. Die Position ist perfekt, sie haben unter einem Baum geparkt. Ich setze den Schalldämpfer auf. Die Waffe lasse ich auf dem Beifahrersitz und lege die Jacke darüber. Dann fahre ich seitlich an Luigis Auto heran. Als sie mich entdecken, spielen sie verrückt, klatschen in die Hände, fragen mich, was ich habe. »Was wirklich Gutes«, erwidere ich. »Na dann los«, sagt Pino. »Nein«, entgegne ich. »Ziehen wir uns zuerst hier eine Line rein. Ich komm zu euch.« Ohne den Motor abzustellen, nehme ich die Jacke samt Pistole vom Beifahrersitz, lege mir die Jacke über den Arm und steige aus, gehe um Luigis Auto herum, um hinten einzusteigen. Auch der Dobermann ist da. »Warum lässt du den Motor laufen?«, fragt Luigi. Zuerst erschieße ich den Hund, dann gebe ich zwei Schüsse auf Luigi ab und zwei auf Pino, steige aus, setze mich wieder in mein Auto. Weit und breit ist niemand zu sehen. Ich fahre nach Hause.

Ich fahre nach Hause und sehe schon von Weitem das Auto von Ferdinando. Sicher ist auch Papa im Auto. Wozu ist er hergekommen? Wir haben uns doch erst gestern gesehen. Es muss etwas Schlimmes passiert sein, oder er will Antonio besuchen, schließlich ist er ganz verrückt nach seinem Enkel. Doch überzeugend erscheint mir das nicht.

Zweihundert Meter von meinem Haus entfernt halte ich an und stelle mein Auto vor dem Haus von Pasquale ’O Zuzzuso ab. Ich bin schneller als Papa. Es gibt einen Eingang vom Garten aus, dort schalten wir nie das Licht an. Ich schlüpfe hinein, öffne die Tür zum Keller, gehe schnell nach oben und komme direkt am Treppenhaus heraus. Leise gehe ich in den ersten Stock. In der Küche brennt Licht, Mariasole sitzt dort, vor sich eine Flasche Wein, und trinkt. Ich bin kurz davor, zu ihr zu gehen, will fragen, was der außerplanmäßige Besuch zu bedeuten hat, doch stattdessen gehe ich in das Zimmer von Antonio. Papa kommt herein. Mariettino ist bei ihm, Ferdinando ist sicher draußen geblieben, um Wache zu schieben.

»Guten Abend, Don Antonio.«

»Guten Abend, lass dir einen Kuss geben, meine Tochter.«

»Das war nicht notwendig, Don Antonio, ich wäre doch gekommen ... «

»Nein, das ist schon in Ordnung so.«

»Möchtet Ihr etwas trinken? Ein Glas Wein?«

»Nein, danke.«

»Oder einen Kaffee? Die Kaffeemaschine ist schon bereit, es dauert nur einen kleinen Moment.«

»Nein, ich gehe gleich wieder. Du verstehst schon.«

»Ja ... dann sagt mir, was Ihr tun wollt.«

»Das, was notwendig ist. Als ich dich gestern angerufen habe, war ich mir noch nicht sicher. Aber Ferdinando hat gesehen, wie die Dinge stehen. Man hat mich vor einer Stunde angerufen.«

»Don Antonio, ich ... «

»Sag nichts. Es ist nun mal so.«

»Nur eine Sache noch, Don Antonio.«

»Was möchtest du?«

»Ich möchte es sein ... ich bitte Euch darum, tut mir diesen Gefallen.«

»Wie du möchtest ... So ist es richtig.«

»Wann?«

»Morgen.«

»Morgen?«

»Ja.«

»Don Antonio, aber ist es nicht … «

»Nein. Morgen um fünf lass ich dir alles bringen, was du brauchst.«

»Ja ... «

»…«

»…«

»Der Junge?«

»Dem geht es gut, er schläft.«

»Ich würde ihn gern begrüßen ... «

»Ich geh und wecke ihn.«

»Nein, Mariasole, lass nur, sonst fängt er noch an zu weinen und schläft später nicht mehr ein. Verschieben wir es auf ein anderes Mal … Ich gehe jetzt.«

»In Ordnung ... «

»Gute Nacht, mein Herz.«

»Gute Nacht, Don Antonio.«

In mir steigt eine Wut hoch, die nie mehr aufhört. Nie. Jetzt weiß ich, mit wem sie vorgestern telefoniert hat.

Ein Plastikbecher, ein mit Scheiße beschmiertes Stück Zeitungspapier, zwei, drei ... vier gebrauchte Spritzen. Ich sitze da und schaue auf das kaputte Meer hinaus, die Arme auf den Knien verschränkt. Das ist der einzige Platz auf der Welt, wo ich sein möchte, um diesem ganzen Elend recht geben zu können.

Samstag, 22.45 Uhr

Ich höre sein hastiges Atmen, was bedeutet, dass er stinksauer ist. Dass etwas nicht in Ordnung ist. Salvatore weiß, er darf mich nicht zu Hause anrufen, er weiß es. Mir ist völlig klar, worüber er mit mir sprechen will. Ich würde ja nach San Biagio fahren, er aber möchte, dass wir zu »unserer« Stelle gehen. Also hole ich ihn am Bahnhof San Giovanni ab.

»Was ist los mit dir? Was bist du so nervös?«

Er antwortet nicht, schaut nur aus dem Fenster. Ich bin mit Mariasoles Wagen unterwegs, den nur wenige kennen.

»Was ist denn passiert? Gibt's Probleme?«

Ich fahre zum Friedhof Fontanelle, hinter der Kirche Maria Santissima del Carmine am anderen Ende von Sanità. Wir waren bereits öfter dort, wenn wir allein sein wollten. Nachts verirrt sich kein Mensch auf den Friedhof, und so fühle ich mich sicher zwischen all den aufgehäuften Gebeinen und Totenschädeln, im Schein der Grablichter und Kerzen, und es riecht nach Moos, nach Holz, nach schwitzenden Felsen. Diese Höhlen wurden in den Tuffstein gehauen, hier liegen die sterblichen Überreste der Opfer der Cholera-Epidemie von vor mehr als hundert Jahren und die der Pest im siebzehnten Jahrhundert. Darunter sind auch die Gebeine von Erschossenen und von denen, die sich früher kein Grab in einer Kirche leisten konnten. Die Lehrerin auf Nisida hat uns erzählt, dass vielleicht sogar der Dichter Giacomo Leopardi hier sein könnte, unter all den armen Unglückseligen.

Früher, an den Montagen, kamen die Frauen hierher, baten um Gnade und nahmen sich der Gebeine an. Sie suchten sich einen Totenschädel aus, gaben ihm einen Namen, kümmerten sich um ihn, reinigten ihn mit Alkohol. Dann zündeten sie Grablichter an und sprachen Gebete, damit die Seelen aus dem Fegefeuer in das Paradies aufsteigen konnten. Später erschien der Tote den Frauen im Traum und verriet ihnen seinen wirklichen Namen. Aber jetzt ist der Friedhof geschlossen, die Kirche hat etwas dagegen, dass man diese Sachen veranstaltet. Dennoch brennen Grablichter, offensichtlich kommt tagsüber noch jemand her. Salvatore hat mir die Geschichte dieses Friedhofs erzählt, als wir das erste Mal hier waren. Er hat mir gezeigt, wie man in die Höhlen gelangt, von oben, da ist eine Öffnung, und es ist nicht sehr tief, man kann hineinspringen und kommt leicht wieder heraus. Früher, vor vielleicht zehn Jahren, kamen die Liebespaare hierher, um ein wenig ungestört zu sein, jetzt kommt niemand mehr.

Salvatore hat den Rucksack dabei, er hat ihn immer dabei, egal, wohin er geht. Wir müssen uns ein wenig durch den Eingang zwängen, bequem ist der Zugang jedenfalls nicht, und gehen weiter bis zur Höhle der Armen. Salvatore holt sechs Kerzen aus seinem Rucksack und einige Grablichter und zündet alle nacheinander vor den Gebeinen an.

»Was machst du da?«

»Kennst du die Geschichte von diesem Friedhof?«

»Die Geschichte? Was interessiert mich die Geschichte, du hast sie mir schon erzählt. Was musst du mir eigentlich so Dringendes sagen? Dir ist schon klar, was wir hier treiben? So erwischen sie uns ganz schnell.«

»Du weißt genau, was ich dir sagen muss.«

»Salvatore, hör endlich auf, diese Kerzen anzuzünden, und sag mir bitte, was mit dir los ist.«

»Die Kerzen sind für die Seele von Lorelai.«

»Für Lorelai?«

»Ja ... ich weiß, die sterblichen Überreste von Lorelai sind nicht hier, trotzdem ... «

»Würdest du dich bitte klarer ausdrücken, Salvatore.«

Er hat noch ein paar Kerzen in der Hand und wirft sie mir jetzt einfach ins Gesicht. Dann packt er mich mit beiden Händen am Hemd, zerrt mich fast vom Boden hoch. Ich hätte nicht gedacht, dass er so stark sein kann.

»Verdammt noch mal, was hast du getan? Warum denn nur?«

»Beruhige dich, Salvatore. Vor allem, sprich leiser. Es musste sein, es gab keinen anderen Ausweg. Und jetzt lass bitte meinen Hals los.«

»Mit eingeschlagenem Schädel! So hat man sie heute Morgen gefunden.«

Seine Stimme hallt in der ganzen Höhle wider.

»Sprich nicht so laut, Salvatore!«

Er lässt mich los, sieht, dass ich nicht reagiere, und schlägt mir ins Gesicht. Ich zucke zurück, niemand hat das Recht, mir ins Gesicht zu schlagen, auch Salvatore nicht. Ich handele instinktiv und schlage zurück, schlage so heftig zu, dass er zu Boden geht. Dann strecke ich die Hand aus, will ihm helfen, aufzustehen, doch er greift sich ins Gesicht und wendet sich ab. Ich weiß, er ist wütend. Ich habe seinen Freund umbringen lassen, der, der uns auf der Party von Giggino 'o Biutifùl miteinander bekannt gemacht hat.

Eine beschissene Party, das Koks beschissen verschnitten, die Leute beschissen, Tunten, Nutten, alle feiern sie die Entlassung von Gigginos Sohn aus Poggioreale. Sich besaufen und mit den Nutten und Transen quatschen, das ist das Einzige, was man auf solchen Partys machen kann. Selbst Raimondo ist da, Raimondo, der sich Lorelai nennt und mir einen Jack Daniel's bringt, Salvatore und eine andere Nutte im Schlepptau. Ich begrüße Salvatore, ich kenne ihn. Er arbeitet für meinen Vater.

Lorelai ist stockbesoffen und meint, er würde gern was zu viert machen, mit mir und Salvatore und der anderen, Tiziana. Er nimmt uns bei der Hand und bringt Salvatore und mich nach oben, in den ersten Stock. Tiziana kommt hinterher. Wir sind alle hackedicht und lachen.

Das Ganze ist mir irgendwie unangenehm, nicht unbedingt 'ne tolle Geschichte, so eine Nummer mit einem Angestellten meines Vaters, aber schließlich setze ich mich doch mit Tiziana auf einen Sessel. Und ehe ich mich versehe, holt sie auch schon meinen Schwanz aus der Hose. Dann nimmt sie mich bei der Hand und führt mich zum Bett, zu Salvatore und Lorelai. Salvatore steht vor dem Bett und Lorelai sitzt darauf, Salvatores Schwanz im Mund. Kaum bin ich da, greift Lorelai nach meinem Ständer. Ich bin kurz davor, dieser Schwuchtel eine runterzuhauen, als sie anfängt, uns beiden einen zu blasen, während Tiziana hinter mir kniet und meine Eier bearbeitet. Salvatore und ich stehen nebeneinander, unsere Schwänze berühren sich, so wie sie beide gleichzeitig in Lorelais Mund stecken. Plötzlich steht Lorelai auf und gibt uns zu verstehen, wir, Salvatore und ich, sollen uns aufs Bett knien, einer dem anderen gegenüber. Und dann macht Lorelai unmissverständlich klar, dass er es in den Arsch will. Ich werde nervös, aber da kommt schon Tiziana, übernimmt den Job von Lorelai und steckt sich meinen Schwanz in den Mund. Das mach ich nur mit, weil ich so zugeknallt bin, schießt es mir durch den Kopf, keine Ahnung, womit sie das Zeug verschnitten haben, und überhaupt, Lorelai macht den besten Blowjob der Stadt, besser als Tiziana, die jetzt von mir ablässt, um Champagner zu holen. Nicht abhauen, sagt sie zu mir, bin gleich wieder da, und zu Lorelai: »Halt ihn mir warm.«

Wer weiß, was Lorelai sich so alles eingefangen hat, denke ich. Aber organisiert ist er, das muss man ihm lassen, denn als könnte er meine Gedanken lesen, stülpt er mir ein Kondom über, weiß Gott, woher er das jetzt hat. Bevor ich überhaupt begreife, was passiert, finde ich mich hinter Lorelai wieder, der sich gerade Salvatores Schwanz in den Mund schiebt. Und während ich es Lorelai von hinten besorge, treffen sich unsere Blicke, Salvatores Blick und meiner. Salvatore sieht mich unverwandt an. Ich hinten, er vorn, und ich kann nicht aufhören, ihn anzusehen. Auch

Salvatore lässt kein Auge von mir. Lorelai hebt den Blick, bekommt mit, wie Salvatore mich fixiert, und lässt von ihm ab, dreht den Kopf nach hinten, will wohl sehen, was hier abgeht. Für einen Augenblick schauen wir uns in die Augen, Lorelai und ich, er lächelt kurz und nimmt dann wieder Salvatores Stück in den Mund. Und dann kommen wir gleichzeitig, Salvatore und ich, ich im Arsch von Lorelai und Salvatore in seinem Mund. Ein elektrischer Schlag, ein Schuss aus der Pistole. Lorelai sagt kein Wort, aber ich weiß es und auch Salvatore weiß es, Lorelai hat alles durchschaut. So schnell, wie er bei allem anderen gewesen ist, verschwindet Lorelai, und ich bin gerade dabei, mir die Hose hochzuziehen, als Tiziana mit der Flasche Champagner zurückkommt. Sie kapiert, dass ich verschwinden will, fragt, wohin ich wolle, doch ich sage nur, sie solle sich zum Teufel scheren und verlasse die Party.

Am nächsten Tag erkläre ich meinem Vater, dass ich den aufsuchen wolle, der sich um die Gehälter kümmert. Ich wolle ihn kontrollieren, mich mal blicken lassen. Man wisse ja nie, wenn einer so viel Geld verwaltet, könnte er schon mal auf dumme Gedanken kommen. Besser, man tauche ab und zu mal auf.

Und dann bin ich zu Salvatore. Und als er mich sieht, schießen ihm hundert Farben ins Gesicht. Er sagt »Ihr« zu mir und fragt, womit er mir dienen könne. Ich aber hole nur kommentarlos meinen Schwanz aus der Hose.

»Wenn sie nicht gewesen wäre, würden wir jetzt nicht hier sitzen. Wir haben es nur ihr zu verdanken, dass du und ich jetzt hier sind ... Und du?! Was machst du? Du lässt sie einfach umbringen. Das verstehe ich nicht, Giovanni, ich verstehe dich einfach nicht.«

»Besser er als wir.«

»Aber warum? Sie hat doch niemandem etwas verraten. Bis zum Schluss!«

»Das wissen wir nicht, Salvatore. Seit einem Monat macht Papa irgendwelche Andeutungen, erteilt mir dauernd Ratschläge. Ich kapiere zwar nicht, was er mir sagen will, aber er hat ganz sicher einen Verdacht.«

»Tatsächlich?«

»Nein, nein, mach dir keine Sorgen, es ist alles unter Kontrolle.«

»Also hat sie wirklich nichts gesagt ... «

»Sie? Salvatore, es war ein Mann, eine Tunte.«

»Nein, Giovanni, sie war ein Transvestit.«

»Sollen wir jetzt auch noch im Wörterbuch nachschlagen? Wie auch immer, ich weiß es nicht genau. Ich denke nicht, dass er gequatscht hat. Aber mein Vater ist nicht blöd. Es war besser, ihn zu beseitigen, wir dürfen kein Risiko eingehen. Schließlich war er der Einzige, der von uns gewusst hat. Es war notwendig. Meinst du nicht?«

»Entschuldige, Giovanni, aber weshalb fragst du mich das jetzt, verdammt noch mal?! Vorher hat dich meine Meinung auch nicht interessiert. Du hast es ganz allein beschlossen!«

»Ich wollte es dir ja sagen. Aber du hast ihn gern gehabt, das war mir klar, ich wollte dir nicht wehtun.«

»Wehtun?!«

»Schrei nicht so, sonst rutscht mir gleich noch mal die Hand aus.«

»Nur zu! Worauf wartest du?! Außer Prügeln und Schießen hast du sowieso nichts drauf. Warum legst du mich nicht auch gleich um? Wann bin ich denn dran?!«

»Red nicht solchen Scheiß, Salvatore. Hör auf damit!«

Ich haue ihm eine runter, aber nicht allzu heftig. Er kann sich nicht eine Minute beruhigen, geht im Kreis, um mich herum, ist wahnsinnig aufgeregt und wütend. In diesem Zustand ist nicht normal mit ihm zu reden. Genauso wenn er Angst hat, dann flitzen seine Augen hin und her. Ich nähere mich ihm von hinten und lege einen Arm um ihn. Endlich, er hört auf und bleibt stehen. Aber nur für einen Augenblick. Dann macht er sich los und nimmt seinen Rucksack. Er holt ein Badetuch heraus, breitet es aus und setzt sich darauf. Ich setze mich dazu.

»Wer war es denn?«

»Cosimo.«

»Und musste er es so in Szene setzen? So übertreiben?«

»Hauptsache, er ist tot ... entschuldige, sie ist tot.«

»Verdammt, Giovanni, sie haben sie dort gefunden, auf den Klippen, mit eingeschlagenem Schädel. Ihr Gehirn war auf allen möglichen Felsen von Mergellina verteilt. Dieses Arschloch hat sie umgebracht, indem er ihren Kopf wie wild mit einem Stein zertrümmert hat!«

»Es sollte eben so aussehen, als wär's ein Kunde gewesen.«

»Und ein Kunde hätte sie nicht erschießen können?«

»Überlass das den Leuten, die sich mit so was auskennen, Salvatore. Er musste sterben, das weißt du genauso gut wie ich.«

»Ich habe den ganzen Tag versucht, dich anzurufen. Dein Telefon war immer ausgeschaltet ... «

»Meine Güte, ich habe geschlafen.«

»Heute Morgen um acht hat mich ihre Schwester angerufen und mir erzählt, was passiert ist. Ich bin daraufhin sofort nach Mergellina gefahren, wo Lorelai gearbeitet hat ... « Salvatore wendet sich ab, er dreht mir den Rücken zu. Ich weiß, ihm ist zum Heulen zumute, aber er heult nicht, weil er weiß, dass ich das nicht abkann. Also nehme ich meinen CD-Player aus der Jackentasche, stecke die Kopfhörer in seine Ohren, damit er *Ragione e Sentimento* hören kann.

Wir weinen schon wieder
warum haben wir uns getrennt

Er mag dieses Lied, es amüsiert ihn.

Du bist dumm, du bist zu blöd
du bist zu sehr verliebt

Er steht total auf Maria Nazionale, genauso wie auf Ida Rendano. Mir gefällt es nicht, wenn Frauen singen. Ich höre lieber Carmelo Zapulla, Nino D'Angelo, Luciano Caldore ...

Salvatore beruhigt sich allmählich.

»Erinnerst du dich noch an die Party?«

»Natürlich … «

»Du erinnerst dich?«

»Aber ja, ich hab doch eben gesagt, dass ich mich erinnere ... Du hast ausgesehen wie eine Schwuchtel.«

»Wie eine Schwuchtel?«

»Und ob!«

»Ich bin eine Schwuchtel, Giovanni. Oder bin ich nur dann eine, wenn es dir in den Kram passt?«

»Ist ja schon gut. Mein Gott! Du bekommst alles in den falschen Hals.«

»Dir genügt es, zu ficken, und dann ist alles in Ordnung.«

Vielleicht hätte ich das mit der Schwuchtel nicht sagen sollen. Salvatore spielt jetzt den Beleidigten. Ich lass ihn reden, soll er doch, obwohl mir diese Weiberallüren mächtig auf den Nerv gehen.

Dann dreht sich Salvatore zu mir, er schaut mich lange an, so wie an diesem Abend auf der Party.

Wir liegen auf dem Badetuch, inmitten der Totenschädel, kühl ist es hier und außerdem ... niemanden zieht es hierher, zu den Knochen.

Salvatore holt noch zwei Kerzen aus seinem Rucksack und zündet sie an, direkt vor unseren Füßen an. Ich werfe ihm einen schiefen Blick zu, immerhin sind wir nicht tot, aber vermutlich ist es klüger, ihn machen zu lassen. Wir sprechen kein Wort miteinander. Salvatore denkt an Lorelai, ich sehe es ihm förmlich an, dass er an ihn denkt. Die Kopfhörer liegen auf dem Tuch und aus ihnen dringt die Stimme von Maria Nazionale:

Streichle mich noch einmal
sag mir, dass du verrückt bist nach mir
so wie ich nach dir

Er singt leise mit. Und plötzlich fährt er mir einfach so mit der Hand ins Gesicht. Ich verstehe nicht, was er vorhat. Für einen Moment glaube ich, er will, dass wir uns noch mal schlagen. Aber so ist es nicht.

»Wir haben uns nicht oft gesehen, nur ab und zu. Weißt du, Lorelai hat nie diese Party erwähnt, nicht mit einem Wort. Meiner Meinung nach hat sie sich nicht einmal daran erinnert, wer du bist. Wir kannten uns seit unserer Kindheit. Mein Vater kannte ihren Vater, sie waren beide Gemüsehändler auf dem Markt in Pagani. Manchmal hat sie mir Koks besorgt ... Stell dir vor, was sie mal gesagt hat, sie hat gesagt, dass sie mit fünfzig stirbt, mit genau fünfzig Jahren. Überfahren von einer Straßenbahn. An einer Allergie. Weil man sie aus Versehen erschießen wird, bei einem Überfall auf einen Fleischerladen, irgendwas in der Art, aber genau mit fünfzig ... Was hat sie mir für komische Geschichten erzählt, was auf der Arbeit passiert ist, am Hafen. Vor ein paar Monaten habe ich sie zum letzten Mal gesehen ... Die Geschichte mit den Bullen ... «

Er fängt an zu lachen, und wie. Ich lache auch, ein wenig zumindest, damit er nicht allein lachen muss. Wir lachen und lachen, alle beide, obwohl ich keine

Ahnung habe, worum es in dieser Geschichte mit den Bullen geht. Er wirkt so locker jetzt, als hätte er sich abreagiert.

Wie schön Salvatore ist, wenn er lacht.

»Und was ist das nun für eine Geschichte?«

»Also, Lorelai hat zwei Bullen einen geblasen, unten, am Leuchtturm. ›Ein paar Blowjobs, und die lassen dich in Ruhe arbeiten‹, hat sie zu mir gesagt. ›Ich und meine Freundin Maria Maddalena‹, hat sie gemeint, ›wir haben so viele Bullenschwänze gelutscht, nicht mal der liebe Gott weiß, wie viele es waren.‹«

Und wieder fangen Salvatore und ich an zu lachen.

»Darauf ich: ›Nur Blowjobs?‹ Und sie, wie eine Verrückte: ›Aber ja! Doch nicht meinen Arsch! Ein Bulle in meinem Arsch? Nie im Leben!‹ Und dann hat sie mir erzählt, wie sie mal an einen geraten ist, der hat sich Emla Creme mitgebracht. Der wollte ihr die ganze Hand in den Arsch stecken. Der Bulle war nämlich der Meinung, ihr Arsch wäre so groß, dass eine komplette Polizeistreife darin verschwinden kann, mit laufender Sirene, versteht sich.«

Und wieder die Stimme von Maria Nazionale:

Es sind die kleinen Sachen
die wichtig werden
es war nichts
die Maus wurde zum Elefanten

Wir lachen. Ich höre zu und lache, doch ab und zu bin ich woanders mit meinen Gedanken. Wie sich sein Mund bewegt, wie Salvatore ihn öffnet, wie er atmet, wie er die Worte ausspricht, wie sich seine Oberlippe hebt. Viel bringt er nicht heraus, weil er so viel lacht. Und ich, ich denke, dass ich einfach nur hierbleiben möchte, mein ganzes Leben lang, und Salvatore ansehen will. Was für ein Scheiß, Giovanni, schießt es mir sofort durch den Kopf.

»Irgendwann muss dem Bullen … der Ehering vom Finger gerutscht sein … wahrscheinlich wegen dem Gleitmittel. Der ist fuchsteufelswild geworden. Hat dann wie ein Irrer im Arsch von Lorelai gewühlt, um den Ring wiederzufinden ... «

Wir kriegen uns nicht mehr ein, lachen wie die Idioten. Doch irgendwann hält er inne, irgendwann bin ich es nur noch, der lacht. Salvatore verzieht das Gesicht und schweigt. Ich aber will etwas sagen, irgendwas, auch wenn es nicht der Wahrheit entspricht.

In jener Nacht
wir beide in einem gestohlenen Auto
die Stereoanlage spielte verzweifelt
ein Liebeslied

»Ich weiß, wie leid es dir tut ... mir tut es auch leid.«

»Lorelai ... wie ein verendetes Tier auf den Felsen, ein Tier in einem fuchsiafarbenen Rock und Stiefeln bis zu den Oberschenkeln. Sie hat die Perücke verloren, die lag irgendwo auf den weißen Felsen. Ihr Kopf war nur noch feuchter Brei, grau, rosa und glänzend ... «

»Es tut mir leid, Salvatore, verstehst du das?«

»Ja, sicher ... «

»Wollen wir gehen?«

»Ja ... «

Ich stehe auf und strecke meine Hand aus, helfe ihm, aufzustehen. Er nimmt die beiden Kerzen zu unseren Füßen und stellt sie vor die Totenköpfe. Dann faltet er das Badetuch zusammen und verstaut es in seinem Rucksack. Ich umfasse sein Gesicht mit beiden Händen, da klebt noch ein wenig getrocknetes Blut an seiner Lippe, von meinem Faustschlag. Ich mache einen Finger mit Spucke feucht und wische das Blut damit weg.

»Morgen bin ich den ganzen Tag zu Hause. Ich will mich ein wenig um Antonio kümmern. Inzwischen sehe ich ihn nur noch einmal im Monat. Und dann steht eine Sache an, die ich mir noch mal richtig durch den Kopf gehen lassen muss. Wir sehen uns morgen Abend, ich komme und hole die Umschläge mit den Gehältern ab.«

»Alles klar.«

»Lass uns gehen ... «

Ich weiß, es ist nicht richtig, aber es ist nun mal so ... als wir den Friedhof verlassen, fällt mein Blick auf Salvatores Schultern, auf den bescheuerten Rucksack, den er trägt, und ich bekomme plötzlich Lust, irgendwas zu unternehmen.

»Salvatore, heute Nacht ist doch das Feuerwerk am Meer. Willst du's dir vielleicht ansehen?«

»Nein ... Und außerdem musst du weg.«

Keine Ahnung, was in meinem Kopf vorgeht. Zum Glück hat Salvatore kein Interesse. Da ist die Sache in

Agnano zu erledigen und ich fasele was von Feuerwerk am Meer.

Ich bin so was von durch den Wind, so verdammt durch den Wind.

Salvatore sagt nichts, er starrt auf den Mond und rührt sich nicht. Ich drehe mich um, will sehen, was mit dem Mond los ist. Aber mit dem Mond ist nichts los. Er ist nur sehr weiß heute Nacht und irgendwann kann ich es nicht mehr ertragen und mache die Augen zu.

Samstag, 21.50

Ich stehe unter der Dusche und Mariasole, den Kopf gegen die Tür des Badezimmers gelehnt, beobachtet mich durch das Glas der Duschkabine.

Ich spüre ihren Blick. Sie sagt etwas. Manchmal spricht Mariasole wie eine Lehrerin, in diesem hochtrabenden Italienisch, eine blöde Angewohnheit, mit der sie mir zu verstehen gibt, dass sie studiert hat. Aber diesmal habe ich tatsächlich nicht verstanden, was sie gesagt hat. Ich drehe kurz das Wasser ab und sie wiederholt den Satz: »Lass uns von hier weggehen, hier kann uns niemand schützen.« Sofort drehe ich das Wasser wieder auf.

»Was hast du gesagt? Ich versteh dich nicht hier unter der Dusche.«

»Lass uns weggehen, nur wir beide, jetzt, sofort.«

»Was ist denn in dich gefahren?«

»Nichts ... aber ich würde gern mit dir wegfahren, du und ich, nur für ein paar Tage.«

»Ich habe zu viel um die Ohren, Mariasole. Gestern bin ich bei Papa gewesen, wir müssen etwas unternehmen wegen der Sache mit Andrea. Ich kann nicht einfach mal so wegfahren.«

»Wie du meinst. Wir können ja auch nächste Woche fahren oder übernächste ... «

»Und was ist mit der Firma, Mariasole? Du hast doch auch genug Arbeit.«

Als ich die Tür der Duschkabine aufmache, reicht sie mir den Bademantel und verschwindet. Ich gehe ins Schlafzimmer, lege mich auf ihre Seite des Bettes, ziehe die Schublade des Nachttisches auf und nehme das Heft heraus, in das sie immer schreibt, ihr Tagebuch. Auf der letzten Seite lese ich, dass sie heute etwas eingetragen hat, sie fügt nämlich stets Datum und Uhrzeit hinzu. Und geschrieben hat sie es, nachdem wir gevögelt haben, während ich geschlafen habe.

Wir sind, aber wir werden auch unser Name. Werden unser Name, wenn wir ihn unter den Laken aussprechen, die, einem profanen Leichentuch gleich, unsere verschwitzten Körper umhüllen.

Aus Liebe, aus keinem anderen Grund.

Aber du sprichst nur deinen Namen aus, nicht meinen. Eines weiß ich genau, würdest du diese Worte lesen, hättest du die Kraft und die Lust zum Lesen, dann würdest du sie nicht verstehen und würdest sagen, dass ich kompliziert spreche, wie immer, wie jedes Mal, wenn ich versuche, dir zu sagen, wie sehr du mir fehlst. Wie jedes Mal, wenn ich versu-

che, dir klarzumachen, dass ich weiß, alles weiß. Du würdest entgegnen, dass die Dinge einfach sind, dass es nicht nötig sei, sie so kompliziert zu machen, so wie ich es tue.

Ich erinnere mich an einen bestimmten Augenblick, an einen Vorfall, der sich vor nicht einmal einem Jahr zugetragen hat.

Vom Fenster aus beobachte ich, wie du die Hand unseres Sohnes nimmst. Du lächelst, antwortest auf seine Fragen, senkst deinen Kopf, während du mit ihm sprichst. Du bleibst stehen, bindest ihm einen Schuh zu. Beim Aufstehen schaust du zum Fenster hoch, als wärst du zerstreut, mit einem Gedanken beschäftigt, der sich festzusetzen versucht, als wäre es wahr, dass du mich liebst. Ihr überquert die Straße. Du weichst dem Bus aus, ziehst unseren Sohn am Arm. Ich will mich gerade vom Fenster entfernen, als ich zwei schnell aufeinanderfolgende Schüsse höre.

Ich sehe die Leute auf der Straße, die herauszufinden versuchen, woher die Schüsse kommen. Zwei Männer rennen aus der Apotheke gleich gegenüber, sie tragen Sturmhauben.

Ich lege meine Hände auf die Scheibe, durchstoße beinahe das Glas, dann gehe ich auf den Balkon und du liegst am Boden, schützt unseren Sohn mit deinem Körper.

Sie haben nicht dich gesucht, sie wollten nicht dich. Du stehst auf. Vergewisserst dich, dass es dem Kleinen gut geht. Du stehst vor dem Schaufenster der Apotheke, gibst mir ein Zeichen, dass alles in Ordnung ist. Ich, auf dem Balkon, deine Augen, die auf mir ruhen, dann laufe ich hinunter.

Eine Glasscheibe trennt uns vom Tod der Menschen, die wir lieben.

Das gilt vor allem für unsereins.

Jedes Mal, jedes Mal wenn ich mich einsam fühle, sehe ich

dieses Bild von dir vor mir. Ich sehe dich, wie du die Hand hebst und mit dem Kopf schüttelst und mir versicherst, dass es dir gutgeht.

Wozu soll ich dir sagen »ich liebe dich«? Man sagt nicht »ich liebe dich«, hier ist das ohne Bedeutung, hier, in unserer Stadt ...

Frauen wie ich gehen über Leichen, um ihren Mann zu beschützen. Sie opfern sich auch für jenen Mann, der immer eine Geliebte haben wird, eine andere Frau.

Ich habe es mir geschworen: Niemals werde ich zulassen, dass ein Mann so mit mir umgeht.

Mein Vater hat mir diese Hochzeit aufgezwungen. Am Tag unserer Hochzeit habe ich dich gehasst, und ich habe auch meinen Vater gehasst, der mich zwang, dich zu heiraten, nachdem er mir bereits die Universität und das Wirtschaftsstudium aufgezwungen hatte. Aber ich wusste, es musste sein, für die Familie, für alle. Doch was ich nicht wusste am Tage unserer Hochzeit: dass ich dich rückhaltlos lieben, mich deinem Geruch, deinen Umgangsformen hingeben würde, mich deiner »kindlichen« Freundlichkeit ergeben würde, von der ich weiß, dass sie niemals nur mir allein gehören wird.

Am Tag der Schießerei vor unserem Haus habe ich alles verstanden. In dem Moment, als ich die beiden Schüsse gehört habe. In dem Moment, als ich wie von Sinnen meine Hände gegen die Fensterscheibe gepresst habe, als ich sehen wollte, was passiert war. Genau in dem Moment, als ich gedacht habe: »Sie haben ihn mir umgebracht«, und plötzlich habe ich mich wie ein Nichts gefühlt. Danach habe ich mich geschämt, habe zu mir gesagt: »Ich bin eine Rabenmutter«, weil ich nicht zuerst an meinen Sohn gedacht habe.

Es ist das Schicksal der Frauen, zu denen ich gehöre, allein zu sein. Weiße Witwen, wenn der Mann im Gefängnis ist. Schwarze Witwen, wenn du die Frau eines Erschossenen bist. Ich bin eine Frau und du weißt, was für eine Frau ich bin. Ich möchte meinem Schicksal entfliehen. Ich möchte mit dir fliehen.

Du, Antonio und ich, weg.

Ich weiß, sie hat mich gern, meine Frau. Auch ich hab sie gern, und bei bestimmten Dingen liegt sie sogar richtig. Diese ganzen Worte, die sie schreibt, ich verstehe sie nicht alle. Wahrscheinlich versteckt sie das Heft deshalb nicht, weil sie weiß, dass ich überhaupt nicht begreife, was sie so redet und schreibt. Oder sie lässt es so offen herumliegen, weil sie vielleicht hofft, ich würde endlich etwas verstehen.

Aber wäre es nicht besser, mir bestimmte Sachen persönlich zu sagen? Was will sie damit erreichen?

Und während ich lese, läuft es mir kalt über den Rücken: »... dass ich weiß, alles weiß.« Ich lege das Heft zurück in die Schublade und gehe in die Küche, setze mich aufs Sofa, im Bademantel, als mir einfällt, was Papa letzte Nacht zu mir gesagt hat.

»Mariasole, sag mal, kennst du einen gewissen Brunello, der in der *Göttlichen Komödie* vorkommt?«

»Wie bitte?«

»Nun, Papa hat mir gestern aus der Hölle vorgelesen und ich habe absolut nichts verstanden. Es ging um diesen Brunello, einen Lehrmeister von Dante Alighieri ... «

»Brunetto Latini.«

»Also kennst du ihn?«

»Er hat sich mir nicht vorgestellt, aber gelesen habe ich über ihn.«

»Sehr witzig! Und wer ist das jetzt?«

»Dante und Vergil haben ihn in der Hölle getroffen und Dante bezeichnet ihn als seinen Lehrmeister.«

»Ja, okay, aber Papa hat von Respekt gesprochen, ich soll mir die Gnade Gottes bewahren ... Ich habe nicht kapiert, was er mir damit sagen wollte. Er hat gemeint, du kennst dich aus und könntest mir das erklären.«

»Ja ... Das ist eine bekannte Passage, Dante versetzt Brunetto Latini in den Kreis derjenigen, die wider die Natur leben ... «

»Aber was bedeutet das? Sind damit gewalttätige Menschen gemeint?«

»Nun ... nicht nur das, sondern auch die, die der Natur Gewalt antun.«

»Wie?!«

»Moment, das Telefon klingelt.«

»Gewalt gegen die Natur ... Er spricht mir gegenüber von Gewalt? Und nachdem er mich beauftragt hat, das zu tun, spricht er von Gewalt?«

»Guten Abend, Signora Farnesini. Hier ist Salvatore Annunziata, ist Ihr Mann eventuell da?«

»Guten Abend, Salvatore ... Wie geht es Ihnen?

»Danke, Signora Farnesini, mir geht es gut. Und Ihnen?«

»Danke, gut. Aber wie oft muss ich es denn noch sagen? Nenn mich einfach Mariasole, wie alle anderen.«

»Ja, okay ... Wie Sie möchten.«

»Giovanni ist im Bad, unter der Dusche. Ist es etwas Dringendes?«

»Nein, nichts Dringendes. Ich würde mich in einer halben Stunde noch mal melden, falls es Sie nicht stört.«

»Nein, überhaupt nicht! Ich sag Giovanni, er soll dich zurückrufen, sobald er aus der Dusche kommt, in Ordnung?«

»Ja, in Ordnung, danke ... Einen schönen Abend noch.«

»Dir auch, Salvatore ... Ach ... Salvatore!?«

»Ja?«

»Ich habe nächste Woche nicht so viel im Geschäft zu tun und würde mich freuen, wenn du auf einen Kaffee vorbeikommen würdest.«

»Gerne ... «

»Sagen wir nächsten Dienstag? Passt es dir da?«

»Das passt mir sehr gut ... Ich komme vorbei ... Um wie viel Uhr denn?«

»So um drei oder halb vier. Später geht's nicht, weil ich Antonio von seiner Großmutter abholen muss.«

»Wie geht es dem Kleinen überhaupt? Kommt er dieses Jahr nicht in den Kindergarten?«

»Oh, er ist schon im Kindergarten. Im September wird es ein Jahr ... Hoffentlich macht er nicht wieder so ein Theater wie im letzten Jahr. Er wollte nie dableiben.«

»Inzwischen ist er größer. Vielleicht weint er noch am ersten Tag, aber danach geht er ganz bestimmt gern hin.«

»Nun, wollen wir hoffen.«

»Bis Dienstag dann. Und danke.«

»Wofür? Sobald Giovanni aus dem Bad kommt, sag ich ihm Bescheid, dass du angerufen hast.«

»Ja, danke. Guten Abend.«

»Ciao.«

Was war das? Ich rubbel mir die Eier ordentlich ab, die Hautfalten sind schweißnass. Und dann nichts wie raus aus dem Bademantel, darunter ist mir viel zu heiß. Als sie eben telefoniert hat, habe ich Mariasole ein Zeichen gegeben, dass ich Salvatore später zurückrufen würde. Scheiße, er darf mich nicht anrufen, erst recht darf er mich nicht zu Hause anrufen. Was soll das jetzt? Und was denkt sie sich dabei, Salvatore nach Hause einzuladen? Ich habe ihn noch nie mitgebracht.

»Warum hast du denn diesen Typ eingeladen?«

»Wie, warum? Ihr arbeitet doch zusammen und – «

»Ich kenne ihn so gut wie gar nicht, Mariasole. Und wir arbeiten auch nicht zusammen. Dieser Salvatore macht lediglich für Papa die Buchhaltung. Gehälter, Rechnungen, er kümmert sich um die Angelegenheiten der Gesellschaft ... Ich sehe ihn einmal pro Monat, wenn ich die Umschläge mit den Gehältern abhole. Ansonsten ... wer kennt den schon?«

»Ja, okay, er hat ab und zu hier angerufen und er scheint ein sehr höflicher Mensch zu sein ... «

»Du hättest mich fragen sollen.«

»Wenn du nicht willst, dass er kommt, rufe ich ihn an und sage, dass ich doch keine Zeit habe.«

»Nein, lass mal. Trotzdem, du musst mich vorher

fragen, wenn du jemanden zu uns nach Hause einladen möchtest. Schließlich bist du nicht auf dem Laufenden, wie die Dinge so stehen.«

»Da hast du recht, daran habe ich nicht gedacht. Entschuldige bitte.«

Ich ziehe mich an. Dann schnappe ich mir meine Jacke, gehe ins Wohnzimmer und hole den tragbaren CD-Player, stecke ihn in die Seitentasche, dazu die CD von Maria Nazionale und die Kopfhörer, gehe zurück ins Schlafzimmer, nehme die Brieftasche vom Nachttisch und mach die Lampe auf der Kommode aus. Mariasole kommt an die Tür, will wissen, wohin ich gehe, also sage ich ihr, dass ich auf dem Weg zu Salvatore bin und ihn vom Auto aus anrufen werde, und ob ich ihr Auto haben kann, frage ich sie, und wo die Autoschlüssel sind. Hier, sagt sie und hat die Schlüssel bereits in der Hand. Sie fragt noch, ob mir in der Jacke nicht zu warm sei. Ich nehme ihr die Schlüssel aus der Hand, gebe ihr einen Kuss und bin schon fast zur Tür hinaus, als sie wissen möchte, ob ich heute Nacht zurückkomme. »Ich komme zurück«, erwidere ich. »Und wird es spät?«, bohrt sie weiter, und ich antworte, dass ich spätestens gegen eins zu Hause bin.

»Giovanni, geh nicht heute Abend, geh morgen zu Salvatore, was kann denn schon so dringend sein?«

Aber ich antworte ihr nicht, bin schon zur Tür hinaus.

***

»Was ist passiert, Salvatore?«

»Wir müssen uns dringend unterhalten.«

»Worum geht es denn?«

»Wir müssen uns unterhalten.«

»Okay, ich bin schon unterwegs.«

»Nein, auf keinen Fall bei mir. Wir treffen uns am Bahnhof San Giovanni.«

»Warum das denn?«

»Würdest du mich bitte dort abholen?«

»Ja, schon gut, warte vor dem Eingang.«

»Und wann bist du da?«

»In einer Viertelstunde, allerhöchstens dreißig Minuten. Warte dort am Eingang auf mich.«

»Alles klar.«

Eine Zigarette, das Feuerzeug, der Rauch treibt mir Tränen in die Augen, anders bei Salvatore, er raucht nicht. Da sind keine Maulwürfe zwischen den Felsen, nur Wasserratten, alle drei Kilo schwer, und sie huschen an uns vorbei, haben keine Angst. Dieses Meer ist nicht zu verstehen, sage ich zu Salvatore, hier gibt es keine Erde, unter der wir uns verstecken können.

Freitag, 23.49 Uhr

Ich habe gehört, wie Mariasole telefoniert hat. Worum es gegangen ist, habe ich nicht verstanden. Aber ich habe sie gefragt. Jemand aus dem Geschäft, hat sie gemeint, ein Problem mit einer Lieferung. Um diese Zeit?, habe ich gefragt. Es geht um eine Lieferung für morgen früh, hat sie daraufhin erwidert. Allerdings habe ich sie ganz deutlich sagen hören: »Kommt, wann ihr wollt.« Ich habe nicht nachgehakt, aber morgen ist Samstag, und ich denke nicht, dass da irgendwas ausgeliefert wird. Papa äußert in letzter Zeit schon Dinge, die ich nicht begreife. Und jetzt fängt Mariasole auch noch an damit. Ich dreh mich im Kreis.

Und dann dieses Telefonat, das ich am liebsten gar nicht führen möchte. Aber die Sache ist nun mal beschlossen. Ich darf mir nichts erlauben.

Nichts.

»Hallo, Cosimo.«

»Hallo.«

»Also, heute Abend findest du ihn da, wo er arbeitet, okay?«

»In Ordnung.«

»Und du machst es genau so, wie ich's dir gesagt habe.«

»Schon klar.«

»Wo bist du?«

»In der Via Marina. Mit Antonella. Wir trinken gerade etwas.«

»In Ordnung. Bis dann.«

»Ciao.«
»Gib mir Bescheid.«
»Okay.«

Nachts wimmelt es an der Litorale Domizio nur so von schwarzen Frauen, aber auch von Frauen aus Osteuropa, aus Rumänien, Bulgarien, aus der Ukraine. Alle hundert Meter brennt ein Feuer. Über beinahe zwanzig Kilometer nur Feuer und hübsche Jungs, aufregende Frauen, kurz: die schönsten weiblichen Wesen auf diesem Planeten. In Castel Volturno gibt es nichts, was es nicht gibt. Was man auch sucht, nachts im Pinienwald wird man fündig. Ich halte vor einer, die viel zu schön ist, viel zu schwarz und schamlos, so wie sie ihre Titten raushängen lässt. Und sie raucht einen Joint, mitten auf der Straße, scheißt offenbar auf alles und jeden.

»Wie viel?«

»Was zahlst du?«

»Bist du aus der Ukraine?«

»Nein, aus Albanien ... Bist du blind? Ich komme aus Nigeria.«

»Und was hast du anzubieten?«

»Alles, solange du bezahlst.«

»Ich bezahle.«

»Soll ich einsteigen?«

»Nein. Lass sein. Ich kotze gleich bei deinem Anblick.«

»Arschloch.«

»Ja, leck mich doch.«

»Also, was willst du?«

»Bläst du mir einen?«

»Fünfzig Euro.«

»Na los, steig ein.«

»Soll ich dich zu einer Stelle führen?«

»Nur damit das klar ist, ich führ dich hier zu einer Stelle. Hier, hinter dem beschissenen Pinienwald zum Beispiel.«

»Ich soll dir also einen blasen?«

»Ja, und beeil dich, ich hab noch was vor.«

Hier gab es früher Pinien und Sanddünen. Und jetzt, wohin man auch schaut, Häuser, die Häuser der Coppola-Siedlung, mit der eine Menge Leute eine Menge Geld verdient haben. In diesem Gebiet haben sie so viel radioaktiven Abfall vergraben, dass der Genuss eines hier angebauten Salatkopfes dem Genuss einer Ladung Crack gleichkommt.

Papa wohnt hier, in Coppola, in einem Bunker unter dem Haus, den wir vor fünf Jahren haben anlegen lassen. Ganz sicher hat Ferdinando schon mit den anderen telefoniert, hat sie bereits benachrichtigt. Er wird mir nachgefahren sein, wird mich beobachtet haben, wie ich mit der Schwarzen abgezogen bin. Die anderen wissen, dass ich komme. Ich sehe sie vorn an der kleinen Allee, sie müssen darauf achten, dass mir niemand gefolgt ist.

Ich habe das Haus erreicht, gehe hinein und werfe die Schlüssel auf den Tisch. Dann gehe ich in die Küche und hole die Taschenlampe aus der zweiten Schublade. Im Bad, unter der Duschvorlage, befindet sich eine Falltür. Eine Eisentreppe führt nach unten, in eine extra geschaffene feuchte Höhle. Sie ist klein, rund, insgesamt werden es drei Meter sein. Hier stehen Besen, liegen drei Brocken Lavastein auf dem Boden, hängen Würste und ein Schinken und auf dem dreistöckigen Regal liegen einige Käse. Es ist dunkel, es gibt keine Beleuchtung. Ich schalte die Taschenlampe ein und höre die gedämpfte Stimme meines Vaters hinter der Höhle.

»Komm rein, Junge.«

Ich beuge mich hinunter, richte den Strahl der Taschenlampe in eine ganz bestimmte Ecke, lege die Lampe auf den Boden, schiebe mit beiden Händen das ziemlich schwere Gestein beiseite und betätige den Hebel. Nachdem ich die Taschenlampe hochgenommen und auf das Regal gelegt habe, höre ich, wie sich die Tür hinter mir öffnet, und mein Vater empfängt mich mit ausgebreiteten Armen.

Ich gehe auf ihn zu. Seine grauen Augen sind das Erste, was einem an ihm auffällt. Sie machen einem Angst, so grau, wie sie sind. Ich habe seine Augen geerbt, aber meine sind anders. Seine sind wie das Meer rund um das Castel Dell'Ovo, schmutzig und schön, und das linke schielt ein wenig. Meine Augen sind in Ordnung.

Vor rund zwanzig Jahren ließ Papa ein Sumpfgebiet in der Gegend von Villa Literno trockenlegen, um die Mülldeponie zu errichten, um Häuser zu bauen. Die Bosse der anderen Clane gewöhnten sich daraufhin an, ihn nicht mehr Don Antonio Farnesini zu nennen, sondern Don Antonio Acqua Sporca, »schmutziges Wasser«. Einige Jahre später nannten sie ihn Acqua

Storta, »schiefes Wasser«, vielleicht wegen seines Auges. Und so nannten sie auch mich Giovanni, Sohn des Don Antonio Acqua Storta.

Wenn ich mich nicht irre, war es ausgerechnet mein Schwiegervater, der ihm diesen Namen gab, Don Pietro Simonetti, der vor meiner Heirat mit seiner Tochter Mariasole wegen der Kontrolle über den Drogenhandel mit meinem Vater im Krieg war. Sie hassten sich bis aufs Blut. Ständig gab es Schießereien in Acerra, in Nola und in Pomigliano.

»Papa ... «

»Wie geht es dir, mein Junge?«

»Gut, danke.«

»Und was macht der Kleine?«

»Dem geht es auch gut.«

»Und mit Mariasole?«

»Alles in Ordnung.«

»Gib den beiden einen Kuss von mir. Ich würde sie so gern umarmen. Schließlich habe ich sie sehr lange nicht gesehen. Vielleicht komme ich an einem der nächsten Abende mal vorbei.«

»Ja, Papa ... obwohl ich der Ansicht bin, im Moment wäre es besser, wenn Ihr nicht rausgeht.«

»Nun mach mir mal keine Angst ... «

»Nein, Papa, das habe ich jetzt nur so gesagt.«

»Komm, trink etwas Kühles.«

Die Küche. Der Kühlschrank ist voll mit frischem Obst und Gemüse, dazu eine halbe Wassermelone, Tintenfischsalat in einem Glasbehälter, Mandelsirup, Pfefferminzsirup, Orangensaft, Bier, Weißwein, Coca-

Cola. Auf dem Kühlschrank stehen zwei Flaschen Rotwein. Daneben, an der Wand, die Videosprechanlage mit den beiden Bildschirmen für die Kameras, auf denen jetzt zu sehen ist, dass die Straße frei ist. Über dem Kühlschrank bläst eine Klimaanlage ständig frische Luft in den Raum.

Papa nimmt ein Bier aus dem Kühlschrank und bevor er mir die Flasche gibt, holt er ein Feuerzeug aus der Hosentasche und öffnet die Flasche.

»Komm, wir gehen ins Schlafzimmer.«

Außer der Küche gibt es zwei weitere Räume hier unten. Auf unserem Weg ins Schlafzimmer gehen wir am Arbeitszimmer vorbei. Auf dem Schreibtisch stapeln sich alle möglichen Bücher. Im Schlafzimmer, auf dem Nachttisch, liegen der Psalter, die Bibel und eine Ausgabe der *Göttlichen Komödie* von Dante Alighieri. Mein Vater nimmt die Bibel, schlägt sie auf und nimmt ein Blatt Papier und zwei Fotos heraus.

Er gibt mir die Fotos.

»Den kennst du sicher.«

»Ja.«

»Wir haben die Pflicht, etwas zu unternehmen.«

»Aber, Papa, letzten Monat habt Ihr noch gesagt, dass ... «

»Der Monat ist vorbei. Inzwischen habe ich andere Dinge in Erfahrung gebracht.«

»Ich verstehe.«

»Dieser Hurensohn. Letzte Woche hat er Andrea in der Bar hinter dem Bahnhof erschossen.«

»Und noch dazu maskiert.«

»So ist es. Was für ein Dreckschwein. Schaff ihn aus

dem Weg, und zwar so, dass jeder kapiert, worum es geht.«

»Ja, Papa.«

»Du weißt, was das bedeutet, nicht wahr? Indem sie Andrea erschossen haben, haben sie eine deutliche Warnung ausgesprochen. Was so viel heißt wie, sie wollen eine Veränderung.«

»Ja.«

»Wir müssen es ihnen beibringen. Also werden wir diesen verdammten Verräter erledigen.«

»Wann?«

»Das überlasse ich dir. Je schneller, desto besser.«

»Allein?«

»Ja. Bring ihn zur Baustelle von Ferdinando. Aber lass dir höchstens von ihm zur Hand gehen. Die eigentliche Sache musst du erledigen. In letzter Zeit dreht Ferdinando durch. Bei jedem Schuss, den er abgibt, hält er sich für Gottvater. Was diesen Mistkerl betrifft, ich will, dass er langsam krepiert, dass er all seine Vorfahren anruft. Quäle ihn so, dass er darum bettelt, von dir erschossen zu werden. Hast du verstanden?«

»Ja, Papa.«

»Und noch was: Reiß ihm alle Finger- und Fußnägel aus, einen nach dem anderen. Hol ihm die Augen aus den Höhlen und schneid ihm die Zunge ab, schneide ihm auch die Eier ab und stopf sie ihm ins Maul. Und das machst du alles, solange er noch lebt ... und wenn du mit ihm fertig bist, legst du ihn vor der Bar hinterm Bahnhof ab, genau da, wo er Andrea erschossen hat. Es muss klar sein, dass es auf unser Konto geht.

Sie müssen kapieren, wen sie herausfordern.«

»Ja.«

»Brauchst du irgendwas dafür?«

»Ja, aber das lasse ich mir von Ferdinando geben.«

»Also dann ... «

»Alles klar.«

Papa reicht mir das Blatt Papier. Darauf ist genauestens aufgelistet, wo ich den Typ finden kann, der sozusagen Papas rechte Hand erschossen hat, Stunde für Stunde, Tag für Tag sind protokolliert, wann ist er in Begleitung, wann mit Frau und Tochter unterwegs, wann kann ich ihn mir allein schnappen. Im Grunde nutzt mir das nichts, schließlich muss ich ihm in der Nähe seiner Wohnung auflauern, muss den richtigen Moment abpassen, damit ich ihn erwischen kann. Aber Papa will es so und wenn ich jetzt womöglich sage, dass ich den Wisch gar nicht brauche, wird er aus der Haut fahren. Seiner Ansicht nach muss immer alles organisiert sein, nur so findet man den richtigen Augenblick und nicht, indem man die Dinge auf sich zukommen lässt.

»Da steht alles drauf, was er wann und wo macht.«

»Soll ich das gleich lesen?«

»Nein, befass dich damit in aller Ruhe.«

»Gut.«

»Sind die Gehälter schon ausgezahlt?«

»Nein, Papa, ich gehe doch erst morgen zu Salvatore.«

»Ah ja. Ich hab gedacht, wir hätten bereits Monatsende gehabt. Aber sollten wir das nicht besser von einem U-Boot erledigen lassen? Ich hab dir schon hundertmal gesagt: besser einer, der nicht aus unseren Reihen kommt, egal, wer es am Ende macht. Selbst die aus Casale handhaben das so. Ich versteh dich nicht, Junge.«

»Papa, wir haben nun wirklich oft genug darüber gesprochen. Ihr wisst doch, so haben sie mehr Vertrauen zu uns. Und mir macht es nichts aus. Außerdem, ich bin nie allein unterwegs. Ferdinando, Peppino oder Francesco, einer kommt immer mit, manchmal sogar Nietta. Ich finde es richtig, dass wir das so regeln, lasst mich doch einmal eine Sache so machen, wie ich es für richtig halte, Papa.«

»Ja, aber das ist nicht der Punkt. Es geht einfach darum, dass es gefährlich ist für dich.«

»Ich trage doch immer die Schutzweste.«

»Wenn sie dir eins über den Schädel ziehen, nutzt dir die Schutzweste einen Scheißdreck.«

»Was soll ich dazu noch sagen, Papa? Wollt Ihr, dass ich nicht mehr hingehe?«

»Aber nein! Das ist schon in Ordnung so ... Ich mache mir eben Sorgen. Immerhin hat man Andrea erschossen und ich befürchte, ihnen ist jetzt jedes Mittel recht. Womöglich machen sie nicht vor meiner Familie halt, nicht vor meinem Sohn, nicht vor meinem Enkel … Wie sieht denn Mariasole das?«

»Mariasole macht sich darüber keine Gedanken, Papa. Und außerdem, ich kümmere mich schließlich um sie.«

»Ja ... «

Papa umarmt mich. Ich bin schon fast auf dem Weg nach draußen, da ruft er mich zurück. Er sagt, wir seien Menschen, kein Vieh, sagt dass ich mir ein wenig Kultur aneignen solle, meint, Mariasole könne mich doch dabei unterstützen, sie wisse so viel, sei so gebildet, eine gute Ehefrau, eine gute Geschäftsfrau, intelligent, immerhin führe sie völlig eigenständig den Großhandel. Er sagt, ich solle Mariasole gut behandeln, ihr Respekt entgegenbringen, und dass er wisse, dass ich es erst kürzlich mit einer Schwarzen getrieben habe, aber das sei eine andere Geschichte. Er sagt, ich könne es mit so vielen Weibern treiben, wie ich wolle, nur dürfe ich es meiner Frau gegenüber niemals an Respekt mangeln lassen, sie dürfe es nie mitbekommen, ich dürfe sie niemals brüskieren, nicht sie und auch sonst niemanden in der Familie.

Ich versichere ihm, dass alles in Ordnung ist. Dann umarme ich ihn noch einmal.

Bevor ich endgültig gehe, will er mir noch etwas vorlesen, etwas von Dante Alighieri. Ich sehe, er hat die Stelle gekennzeichnet, die Seite hat ein Eselsohr.

»Der fünfzehnte Gesang aus der Hölle … Du kennst doch Dante Alighieri?«

»Ja, Papa, unsere Lehrerin auf Nisida hat mit uns die Geschichte von Paolo und Francesca durchgenommen, den beiden Verliebten. Die Hölle besteht aus Kreisen. «

»Ja, aber man muss es lesen, man muss die ganze Hölle lesen. Man muss *Die Göttliche Komödie* von vorn bis hinten lesen, genau wie die Bibel. Denn die Bibel sagt uns, was wir machen müssen, sie sagt uns, was richtig ist.«

»Ja, aber ich habe leider keine Zeit zum Lesen ... «

»Für solche Dinge muss man sich die Zeit nehmen. Also Dante Alighieri hatte einen Lehrmeister, einen gewissen Brunetto Latini, und Dante schätzte ihn sehr. Nun hör zu, was der Lehrmeister zu ihm sagt, als sie sich treffen:

›Mein Sohn, wer sitzend ruht, muss in der Hitze‹, Sprach er, ›zur Strafe hundert Jahre liegen, Wehrlos, wie auch das Feuer ihn bespritze!

Drum geh, ich will an dein Gewand mich schmiegen; Und dann zurück zur Wandersippschaft eilen, Die über Qualen weint, die nie versiegen.‹«

Papa liest, aber ich verstehe nichts, nicht ein Wort. Doch das sage ich ihm nicht.

»Also, dieser Gesang ist denen gewidmet, die gewalttätig sind gegen Gott. Denn Kraft und Macht zu haben reicht allein nicht aus. Die wahre Macht ist die Kultur, die Bildung. Und Boss zu sein bedeutet auch, Lehrmeister der anderen zu sein. Du musst deinen Lehrmeistern Respekt entgegenbringen und deinem Vater und deiner Ehefrau, und du musst dir die Gnade Gottes bewahren ... du weißt doch, in welchem Kreis sich der Lehrmeister Dantes befand?«

»Nein Papa, keine Ahnung.«

»Du bist doch die nächsten Tage zu Hause, lass es dir von Mariasole erklären. Lest doch zusammen die Hölle.«

»Ja, in Ordnung ... aber ... «

»Was ich sagen will, Dante hat ihn geradewegs in die

Hölle gesteckt, obwohl er sein Lehrmeister war, und Dante mochte seinen Lehrmeister sehr. Weil, wenn man einen Fehler macht, dann macht man einen Fehler, da hilft auch kein Beten.«

Mich packt eine maßlose Wut und lässt mich nicht mehr los. Mir ist klar, dass er mir etwas zu verstehen geben will, nur verstehe ich es nicht. Ich denke, es hat mit Salvatore zu tun. Ich glaube, er hat irgendetwas bemerkt ... Gut, dass ich dafür gesorgt habe, dass man Raimondo aus dem Weg räumt, schließlich ist er der Einzige, der außer Salvatore und mir etwas weiß.

Sicher, da gibt es noch die beiden anderen, aber um die kümmere ich mich morgen, morgen wird alles erledigt.

Papa umarmt mich ein letztes Mal, er drückt mich ganz fest. Dann legt er *Die Göttliche Komödie* auf den Nachttisch zurück und begleitet mich hinaus, eine Hand auf meiner Schulter.

»Pass auf dich auf, mein Junge.«

»Mach ich, Papa.«

Als er die Tür schließt, kommt es mir so vor, als würde er mich merkwürdig ansehen. Wenn ich ihn nicht so gut kennen würde, würde ich wahrscheinlich glauben, dass er traurig ist. Ich gehe nach oben, bringe im Badezimmer alles wieder in Ordnung, lege die Taschenlampe zurück in die Schublade, mache die Tür zu und verlasse das Haus. Sie sind immer noch da, beobachten mich, wie ich das Haus verlasse. Ich gehe zum Auto, steige ein. Sie steigen in ihre Autos, fahren mir hinterher.

Auf der Küstenstraße ziehen sie an mir vorbei, hupen, ich hupe zurück, weiß Gott, wohin sie jetzt fahren, jedenfalls fahren sie mir nicht nach.

Ich will nach Hause. Die Sache mit dem Dichter …

Ich muss Mariasole fragen, wer zum Teufel dieser Brunello, Brunetto oder wie auch immer er heißt, ist. Papa sagt nie etwas, ohne dass eine gewisse Absicht dahintersteckt ...

Und jetzt fahre ich nach Hause und werde bis morgen Abend durchschlafen. Ich bin müde, kann nicht mal mehr vernünftig fahren. Und wann soll ich mir diesen Typ vornehmen? Keine Ahnung.

Montags steht er spät auf, weil er sich die Nacht davor mit Weibern, Koks und Champagner um die Ohren schlägt. Ich denke morgen drüber nach. Es ist vier und es wird bald hell.

Mein Telefon klingelt. Cosimo ist dran, alles in Ordnung, meint er. Okay, antworte ich, danke.

Jetzt muss ich meinen Teil erledigen, muss mich um die von Agnano kümmern. Aber auf die treffe ich erst morgen Nacht.

Die Ehre ist stärker als das Fleisch, stärker als das Blut, das gilt auch für mich. Das Meer hat recht, das Meer ist wie von Sinnen und mein Mund fühlt sich an, als würde er nie mehr ein Wort sagen, und außerdem, keiner weiß, wie er sterben wird, aber sie hätten dir sehr wehgetan, entschuldige, und wie ist dieses Wasser doch falsch heute Nacht.

Montag, 02.18 Uhr

Du bist da, du sagst kein Wort, du erinnerst mich an Michele auf Nisida, nur der Ausdruck in deinen Augen ist ein anderer, da ist kein Groll, kein Ekel und kein Hass. Deine Augen sind warm wie die Kerzen für den heiligen Januarius, sie blicken mich voller Vertrauen an, sagen mir, dass du nicht ahnst, was ich dir gleich antun werde, dass du dich nicht einen Moment lang fragst, was in meinem Kopf vorgehen mag.

Ich habe meine Hände um deinen Hals gelegt, drücke aber nicht fest zu. Du denkst wohl, ich muss etwas beweisen, weil ich dir vorhin mitten auf der Straße einen Kuss gegeben habe, glaubst vielleicht, ich schäme mich deswegen. Ich aber sage, ich hab dich lieb, und du verziehst den Mund, als wolltest du lächeln, doch da fasse ich auch schon deinen Kopf mit beiden Händen und drehe ihn mit einem Ruck zur Seite – ein Knacken ist zu hören und ich drehe ihn wieder zu mir. Deine Augen sind offen und ich lege mich neben dich, spüre schmerzhaft einen Felsvorsprung an der Hüfte.

Dreimal rufe ich deinen Namen, dreimal bekomme ich keine Antwort. Ich sage, hör auf mit dem Blödsinn, ich sage, sprich mit mir, ich sage, willst du, dass ich durchdrehe. Ich schlage dich, ich schlage dir ins Gesicht, schlage dir mit der Faust auf die Stirn, in den Magen, doch du reagierst nicht, rührst dich nicht. Du starrst nur auf den Mond hinter mir, als wäre es grotesk, dass er dort steht.

Jetzt gibt es keinen Grund mehr. Jetzt gibt es keinen Grund mehr, dir wehzutun, Salvatore.

Ich muss gehen, Mariasole erwartet mich. Sie weiß, dass ich heute die Gehälter verteile, macht sich womöglich Sorgen und das täte mir leid. Ich stehe auf, stoße dich in die Spalte zwischen den beiden Felsbrocken neben dir, und du passt perfekt hinein, du bist so klein, Salvatore, du passt überall hinein. Und dann nehme ich den Rucksack hoch, der zu meinen Füßen liegt.

Auf den Felsen von Mergellina, einmal im Monat. Ich weiß, ich darf nicht immer wieder die gleichen Dinge tun, die gleichen Bewegungen machen, an dieselben Orte gehen. Aber manchmal sind wir eben müde und dann haben wir Augen, mit denen wir nicht mehr richtig sehen können, Augen, die an Phokomelie leiden. »Phokomelie«, ein Wort, das ich von Mariasole gelernt habe, als uns mal ein Kind begegnet ist mit einem Arm, der viel, viel kürzer war als der andere.

Aber am Ende nutzen die Augen weder ihnen noch uns sehr viel. Wir brauchen unsere Hände und die Ohren. Wir müssen immer unsere Ohren aufsperren, denn alles und jedes könnte das Letzte sein, was wir hören.

Wenn die Erde bebt, und wenn auch nur ein wenig, dann wissen wir, jetzt müssen wir laufen.

Deshalb kehren manche Maulwürfe nicht mehr zurück in das Loch, das sie sich gegraben haben.

Aber jetzt hat der Wind den Weg gefunden und wir

können ihn hören. Auch das Geräusch des Meeres ist bis unter die Erde vorgedrungen und hat uns Angst gemacht.

Ein Mal, nur ein einziges Mal, haben wir so getan, als wüssten wir nicht, dass wir das Licht vergessen können. Und anstatt zu fliehen, haben wir den Kopf aus dem Erdhaufen gestreckt. Wir wollten sehen, welche Farbe der Wind hat, wollten erkennen, wo das Meer aufhört.

Jetzt muss ich wieder nach oben klettern und über den Zaun, zurück zum Auto. Eins. Mit Schalldämpfer. Und da ist dieses starke Brennen hinten, im Rücken. Vor meinen Augen sehe ich die Bilder der letzten zwei Tage, sie laufen rückwärts ab, und jetzt begreife ich, wie durcheinander ich gewesen bin. Es ist richtig so. Zwei. Ich hätte nie gedacht, dass es auch mich treffen wird. Ich schaffe es gerade mal so, mich umzudrehen, ich will sehen, wer es ist. Doch ich weiß es bereits.

Drei. In die Stirn. Und ich trete meinen Flug nach unten an. Es gelingt mir noch, den Kopf zu heben. Mariasole nimmt den Rucksack hoch, steckt sich die Pistole in den Ausschnitt. Ihre Augen schimmern, so wie meine geschimmert haben müssen, als ich dich umgebracht habe. Ich lächle Mariasole an, nur kurz, denn jetzt muss ich den Kopf sinken lassen, mir fehlt die Kraft, ihn länger oben zu halten. Aber ich bin froh, genau neben dir, genau so musste es kommen. Ich bin zufrieden, ja, und stell dir vor, ich habe sogar in gewähltem Italienisch gedacht. Was für eine gottverdammte Scheiße, ach, leckt mich doch alle am Arsch.

Guthaben, Verbindlichkeiten, Danksagungen

Ich habe eine Geschichte geschrieben. Der Clan Acqua Storta existiert nicht, es gibt auch keinen Direktor, der einen Mordfall gedeckt hat et cetera pp. Beim Schreiben dieser Geschichte habe ich auf mein Leben, auf die Arbeit vieler Menschen – Journalisten und anderer –, die die Camorra auf verschiedenste Weise bekämpfen, zurückgegriffen.

Ich danke besonders: Ida Rendano (So' accussì, 2006, Zeus Record) und Maria Nazionale (Storie 'e femmene, 1997, Duck Record; Sentimenti, 1999, Duck Record), weil sie die Hintergrundmusik zu meinem Text gespielt haben; Roberto Saviano, weil er Gomorrha geschrieben hat; Maria Grazia D'Avino, meinem Bedeutungsgenerator.

Aus vielfältigen Gründen will ich mich bedanken, unendliche Male bedanken, bei: Daniele Scalise, Ang Lee und Annie Proulx, Neapel, Gigi Di Fiore, Matteo Scanni und Ruben H. Oliva, Peppe Lanzetta, Diego De Silva, Roberto De Simone, Marco Salvia, Giorgio Bocca, Giosuè Calaciura, Giancarlo De Cataldo, Valeria Parrella, Nino Velotti, Giancarlo Siani, Stuttgart, Paris, Rom, Raiz, Enzo Avitabile, Teresa De Sio, Enzo Gragnaniello, Lina Sastri, Ettore Petraroli, Silvia Longo, Carlo Ragonese, Marco Valli, Tommaso Sussarello, Antonello Cassan, Federica Manuela und Barbara vom Tumbler in Rom (mein erstes eigenes Zuhause), Rita Bonomo, Isabella Anna Matera, Barbara Brandoli und Nicola Martini von divinoscrivere.

Einen Dank an Giovanni, an Salvatore. An Maurizio De Crescenzo. An Davide Martini für den Rosenkranz auf den Treppen. An Dino Senigagliesi.

Vor allem aber danke ich Marco Vicentini (ich hab einfach nur dumm geschaut), und Teresa Ferri (für das, was sie mir beigebracht hat und mir beibringt).

L.

Zur Übersetzerin:
Klaudia Ladurner wurde 1966 in Schlanders/Südtirol geboren. Sie beschäftigt sich mit Sprache und zeitgenössischer Literatur, hat Germanistik studiert und arbeitet seit ihrer Studienzeit als Übersetzerin und Lehrerin für Deutsch als Fremdsprache. Zusammen mit ihrer Familie lebt sie in Venedig.
Die Übersetzung der Zeilen aus der *Göttlichen Komödie* ist von Richard Zoozmann.

Zum Verfasser des Nachworts:
Christian Gabriele Moretti stammt aus Apulien. Er besuchte die Universität von Parma, bevor er seine Studien an den Universitäten in Canterbury und Kent fortsetzte und in *Comparative Literature* promovierte. Er ist Mitbegründer und Herausgeber der *Akademeia,* einem fachübergreifenden wissenschaftlichen Journal der Universität von Calgary. In Limerick unterrichtet er Italienisch und Spanisch.

Christian Gabriele Moretti: Der schwule Mafioso: Zur Konstruktion und Dekonstruktion von Männlichkeit in Carrinos Roman Acqua Storta - Der Verstoß

Dieser Beitrag wird der Frage nachgehen, wie Luigi Carrino, einer der maßgeblichen neuen Vertreter zeitgenössischer italienischer Literatur, in seinem Roman *Acqua Storta* eines der wesentlichen Charakteristika des italienischen *mafioso,* die Männlichkeit, einer systematischen Dekonstruktion und Konstruktion unterzieht.

Acqua Storta ist die erste Romanveröffentlichung Carrinos, ihr folgten der Roman *Pozzoromolo* (2009), der sich des Themas Homosexualität und Geisteskrankheit annimmt, *Calore* (2010), ein Kurzkrimi, und schließlich *Instruzioni per un addio* (2010). 2007 gab der neapolitanische Autor *Temposanto* heraus, seinen bislang einzigen Gedichtband.

Carrinos Roman erzählt die Geschichte Giovannis, Sohn des Camorra-Bosses des Acqua-Storta-Clans, der sich in Salvatore verliebt, den Buchhalter des Clans. Unter Hervorhebung der in der Welt des organisierten Verbrechens vorherrschenden Intoleranz schildert der Autor die harten inneren Kämpfe, die Giovanni auszufechten hat, um seine Andersartigkeit anerkennen zu können.

Die vorliegende Analyse wird sich also mit einem atypischen Vertreter des *mafioso* beschäftigen, nämlich mit dem des homosexuellen Mafiabosses.

Zudem wird sie sich vornehmlich den Grundlagen des Begriffes »Männlichkeit« widmen, eines Begriffes, auf den die Clans der organisierten Kriminalität ihre Verhaltenskodizes gründen. Mit dieser Zielsetzung nehme ich Bezug auf Mario Mieli (1980), den bedeutendsten Vertreter Italiens auf dem Gebiet der Queer Studies, auf Giovanni Dall'Orto (1988) und auf Lorenzo Benadusi (2004), der in breit angelegter Weise die Vorstellung von Männlichkeit italienischer Provenienz und die Vorstellung von Homosexualität während der Zeit des Faschismus in einen sozialen und historischen Zusammenhang stellt.

Wenn auch im Laufe der Jahre umfassend zum Thema Queer und Gay Studies publiziert wurde, vor allem im englischsprachigen Raum, so wird in diesem Aufsatz hauptsächlich der italienische Beitrag Würdigung erfahren (Mieli, Benadusi und Dall'Orto), um die Argumentation auf eine spezifisch nationale und kulturelle Wahrnehmung von Homosexualität zu beschränken. Und so verfolgt die vorliegende Arbeit keinerlei Absichten in Hinblick auf eine Auseinandersetzung mit bereits etablierten Positionen, sondern verschreibt sich aus dem Blickwinkel der Psychologie ausschließlich der Betrachtung von Vorstellungen über Homosexualität, die im organisierten Verbrechen vorherrschen genauso wie in einem Land mit einer berüchtigten Geschichte der Homophobie.

Als Konsequenz daraus werde ich mein Hauptaugenmerk darauf richten, wie sich der Protagonist in *Acqua Storta*, Giovanni, seines homoerotischen Verlangens bewusst wird, um es danach umgehend zu verdrängen. Gleichzeitig wird so der Zusammenhang herausgearbeitet nicht nur mit Henry Laughlins Begriff der »mental defence mechanisms« (1963), sondern insbesondere auch mit dem der »Verdrängung« als Möglichkeit, einen psychischen Zusammenbruch zu vermeiden, den innere Konflikte zwischen gesellschaftlichen Zwängen und intimen Gefühlen herbeiführen.

I. Homophobe Systeme

Schon immer stellte Homosexualität eine Wirklichkeit dar, die für einen Großteil der Gesellschaften in vielen Teilen der Welt ein Tabu bedeutet. Über die Jahrhunderte hinweg wurden Homosexuelle Opfer von Diskriminierung und physischer und psychischer Gewalt. Mieli hat eingehend analysiert, wie Homosexualität im Laufe der Zeit sowohl auf soziologischer als auch auf psychologischer Ebene wahrgenommen wurde. In seiner auf einer globalen Sichtweise beruhenden Betrachtung erkennt Mieli in der totalen, apriorischen Ablehnung homoerotischen Verlangens die Ursache für Homophobie. Seine Analyse der Geschichte wirft ein Licht auf die Ursprünge homophober Diskriminierung, deren erste Manifestation in der westlichen Zivilisation in der Bibel zu finden ist (Mieli, 77). Mieli bezieht sich hier auf die Zerstörung Sodoms, die, da homoerotisches Verhalten in Sodom weit verbreitet war, klar als eine homophobe Ablehnung in großer Zahl interpretiert werden kann.

Lorenzo Benadusi untersucht die Wahrnehmung der Homosexualität im faschistischen Italien und bietet einen umfassenden Überblick über repressive Methoden und gibt Einblicke in die Ethik und Moral an der Basis des faschistischen Staates. Er beschreibt nicht nur die Vorstellungen, die den faschistischen männlichen Mythos ausmachen, der seinerseits die Grundlage bildet für die Ablehnung von Homosexualität durch das Regime, sondern er beschreibt darüber hinaus, in welcher Weise der politische, der religiöse und der soziale Bereich jeweils mit der Homosexualität in Beziehung stand. Mit der eingegrenzten Sicht auf das faschistische Italien weist Benadusi den homosexuellen Trieb als eine Erscheinung aus, die in Zusammenhang mit Bereichen zu betrachten ist, die nicht zwangsläufig mit dem der intimen Sexualität verbunden sein müssen.

Benadusi zufolge bedeutete Homosexualität eine Bedrohung für die strikte soziale Ordnung und die Anthropologische Revolution, auf deren Errichtung und Durchführung der Faschismus abzielte, und die infolgedessen und konsequenterweise ausgerottet werden musste (2005, 28).

Mithin kommt der Sexualität in der Zeit des Faschismus eine gewisse Bedeutung auf sozialer Ebene zu und sie zeigt, wie Individuen von anderen wahrgenommen wurden. Die Aufrechterhaltung von Stereotypen in Zusammenhang mit Sexualität und die strikte Auferlegung von Geschlechterrollen, egal ob bei Männern oder bei Frauen, wurden und werden noch immer dazu benutzt, um Kontrolle über Individuen auszuüben, und offenkundig finden diese Elemente Anwendung in autoritären Systemen.

Nicht nur das faschistische Italien lehnte die Homosexualität ab – diesbezüglich bestätigt Benadusi: »La società era [...] tenuta a sanzionare con estrema durezza ogni comportamento 'anormale' e a rimarcare le differenze di genere.« (29)* –, auch Nazideutschland und das franquistische Spanien unterdrückten das homoerotische Verlangen – in Bezug auf den Franquismus fügt Ugarte-Pérez (2005) hinzu: »Homosexuality has been [the] object of criminal sanction [...] in order to limit its influence and persistency [...]« (139). Dennoch musste die Repression im Stillen vor sich gehen, um zu verhindern, dass weder Neugierde noch latente invertierte Instinkte in anderen Individuen geweckt wurden (Duncan, 2006:44).

Abgesehen von physischer Gewalt, über die Mieli und Benadusi in ihren Arbeiten detailliert berichten, hat sich die Unterdrückung von Homosexualität stets in der Förderung von Verhaltensweisen und Vorstellungen manifestiert, die die Auffassung von Heterosexualität als das Übliche und Zulässige unterstützen; wie allgemein bekannt, ist diese Praktik jedoch nie demokratisch ausgeübt worden, sondern ist immer einhergegangen mit brutalen und wirkungsvollen Methoden der Unterdrückung. Gesellschaften, die Homosexualität verurteilt haben und solche, die sie noch immer verurteilen, nehmen eine rigide Klassifizierung und Charakterisierung von Geschlechterrollen vor.

---

*»Die Gesellschaft legte Wert darauf, jedes ›anomale‹ Verhalten mit äußerster Härte zu bestrafen und die Geschlechtsunterschiede hervorzuheben.«

Was den italienischen Faschismus betrifft, führt Barbara Spackman (1969) an:

> […] the fascist rhetoric of virility requires that virility be the property of the male and femininity the property of the female. Any redistribution of properties, any mixing and matching of terms – a feminine man, a masculine woman – is counted as an unnatural monstrosity, perversion, or aberration. (34)

Hinsichtlich dieses letzten Punktes spricht Giovanni Dall'Orto (1988) von »repressive tolerance«, die typisch sei für das Italien nach dem Zweiten Weltkrieg und dem institutionellen Neuaufbau und die – im Unterschied zu dem, was während des Faschismus geschah – eine offizielle Nicht-Verurteilung der Homosexualität bedeute bei gleichzeitiger Unterdrückung öffentlicher Manifestationen von Homosexualität (27-57). Oder anders ausgedrückt: Dall'Orto stellt fest, dass homosexuelles Verhalten kein soziales Problem bedeutete, solange es sich nicht öffentlich zeigte. In *Mediterranean Homosexuality* (1990) vertieft der Historiker seine These und hebt hervor, dass die homosexuellen Verhaltensweisen, die getadelt wurden, die passiven waren.

Ebenso wie Benadusi und Guiseppe Brugio (2008) bekräftigt Dall'Orto, dass es sich hier um den einzigen Fall von relativ harmonischer Koexistenz von Homosexualität und Gesellschaft handelt (Brugio, 46). Alle bisher erwähnten Positionen sehen im Faschismus allerdings den Moment, wo die latente homophobe Haltung deutlicher hervortrat, obwohl der *Codice Rocco* Homosexualität nicht als kriminelle Handlung einstufte. Gleichwohl versuchte der Faschismus, Homosexualität durch präventive und repressive Strafmaßnahmen wie die Verbannung auszumerzen.

> Il confino svolgeva [...] una duplice funzione: preventiva e repressiva; preventiva perché allontanava dalla società chi non aveva ancora commesso alcun reato, ma veniva ritenuto potenzialmente capace di commetterne; repressiva, perché colpiva chi aveva già commesso un reato, anche se aveva già scontato la pena inflittagli. (131)*

Der Verweis auf den Faschismus leuchtet ein und er ist notwendig, da er insbesondere im Vergleich mit anderen homophoben Systemen wie der Katholischen Kirche den Moment präzisiert, wo homophobe Intoleranz deutlich zutage tritt, indem der Homosexualität eine spezifische Vorstellung von Männlichkeit entgegengesetzt wird, wie sie in Italien mehrheitlich noch heute vorherrscht.

Neben dem spezifischen Verweis auf faschistische Ideologien bleibt festzuhalten, dass diese Einstellung in der Mehrheit der Gesellschaften verwurzelt zu sein scheint, selbst bei jenen, die nicht von faschistischen Regimen beeinflusst waren.

Mieli kritisiert die Art und Weise, wie die Vereinigten Staaten mit Homosexualität umgehen, und führt

---

*Die Verbannung übte eine doppelte Funktion aus: Präventiv und repressiv, präventiv, weil sie denjenigen aus der Gesellschaft ausstieß, der kein Verbrechen begangen hatte, aber als potentiell fähig angesehen wurde, repressiv, weil der Bestrafte, der bereits eine Straftat begangen hatte, die auferlegte Strafe damit verbüßt hat.

ein treffendes Beispiel an, indem er feststellt, dass

> The most 'developed' countries, as we have seen, decidedly refrain from any direct bloody repression of homosexuality, providing instead a 'comfortable' if expensive ghetto. If you want a safe hustler, you can get one for $100 from the Model Escort Agency in Los Angeles. If homosexuals do not want to risk being beaten up or murdered , then they only need to pay. [...] Democracy is an advance on Nazism, it makes greater profits from the commercialization of homosexuality. (152)

Diese Passage verdeutlicht die Neigung von Gesellschaften, selbst der am weitesten entwickelten, eine Homosexualität zu diskriminieren, die als Produkt einer Verkehrung der konventionellen Heterosexualität angesehen wird. Mit anderen Worten, Mielis scharfe Kritik richtet sich nicht nur gegen Gesellschaften, die offen homophobe Unterdrückung betreiben, sondern auch gegen jene, die sie auf verdeckte Weise ausüben. Er erkennt in Gesellschaften den Ursprung, aber auch die mögliche Lösung für homophobe Intoleranz und unterstreicht, dass

> The system generally inhibits gays from defending themselves and making themselves respect (by fostering guilt and an inferiority complex), while it incites against them enemies who are genuinely formidable [...] It is not hard to understand how, finding themselves, defenceless in this way, gay people often seek protection from others [...] and where can they find it, if not in the system? (152)

Gesellschaften nutzen offen oder versteckt sexuelle Verschiedenheit aus, was bei Homosexuellen Phänomene zeitigt wie Verdrängung, Scham und Furcht. Während Gesellschaften zum einen homophobe Diskriminierung zulassen, um ein von den Konventionen abweichendes Sexualverhalten zu unterdrücken, bieten sie den Opfern zum anderen eine falsche Sicherheit, indem sie ihnen weit entfernt von der Masse eine sichere Umgebung zuweisen. Solcherlei Handeln – die Isolation und Verdrängung in Ghettos – bedeutet nicht nur eine indirekte Diskriminierung Homosexueller, mehr noch zeigt die negative Haltung vieler Homosexueller gegenüber gewissen Formen von Gemeinschaftszonen wie Schwulenviertel, Schwulenbars etc. den Grad der Entfremdung der Betroffenen gegenüber dem, was ihnen seitens der Gesellschaft aufgezwungen wird.

Diese Betrachtungen verdeutlichen den permanenten Druck, dem Homosexuelle in vielen Gesellschaften, in vielen Situationen ausgesetzt sind. Der hier vorgenommene Überblick zeigt, dass homophobe Diskriminierung nicht auf bestimmte Bereiche beschränkt ist, sondern die Gesellschaft insgesamt betrifft. Eine Analyse von *Acqua Storta*, einem Roman, der Homophobie in der Welt des organisierten Verbrechens ansiedelt, ist dieser Diskussion nur förderlich. Wenn Carrinos Roman auch fiktionaler Natur ist, so haben in den letzten Jahren juristische Quellen das Phänomen homophober Repression und Gewalt in den Clanen des organisierten Verbrechens belegt. In einem Interview mit Klaus Davi (11. Juli 2008) bestätigt Staatsanwalt Antonio Ingroia, dass der homosexuelle Gangster keine phantastische Annahme ist, sondern Realität. Er bestätigt, dass es viele homosexuelle Bosse gebe.

Ingroia fügt hinzu, dass

> [...] L'essere gay costituisce ancora un tabù per la società italiana figuriamoci in una società arcaica come quella mafiosa. Perciò questi boss vivono la loro omosessualità clandestinamente e con paura perché, se scoperti, rischiano di essere estromessi [...]*

Mit seinen Worten streicht Ingroia die rigide chauvinistische Tradition heraus, die im Kreise der Clanmitglieder gilt; er schildert die Welt des organisierten Verbrechens als eine archaische und extrem abgeschlossene, in der sich die einzelnen Mitglieder strengen Regeln zu unterwerfen haben, die auch für die individuelle Intimsphäre gelten.

Ingroias Feststellungen spiegeln sich in der Lebensgeschichte Johnny B. D'Amatos wider, dem *acting boss* des amerikanischen Clans der De-Cavalcante-Familie, der wegen seines Schwulseins ermordet wurde, oder in einer Nachrichtenmeldung, die in Anna Ferrignos Artikel (2008) zu einem Interview mit Staatsanwalt Ingroia Erwähnung findet, das den Fall eines der Homosexualität verdächtigten Gangsters zum Gegenstand hat, der im Gefängnis von acht Mitinsassen vergewaltigt und verprügelt wurde.

*Schwulsein auch ein Tabu konstituiert, wenn man sich die italienische Gesellschaft als eine archaische Gesellschaft wie die Mafia vorstellt. Deshalb lebt jeder Boss seine Homosexualität heimlich aus, mit der Angst vor Entdeckung und dem Risiko, ausgestoßen zu werden.

Diese Vorfälle regten die Phantasie bekannter Autoren und Filmregisseure an und veranlasste diese Künstler, Homosexualität und ihre Darstellung in Literatur und Film anzugehen. So entstanden Romane wie der von Carrino oder die US-amerikanische Fernsehserie *The Sopranos* (1999 - 2007), wo ein schwuler Gangster seinen Auftritt hat, oder die Dokumentation von Guy Chippaventi, *Le Lenzuola della Mafia* (2008), die den ersten Versuch darstellt, Homosexualität in der Welt der Mafia aus soziologischer Perspektive zu beleuchten.

Staatsanwalt Ingroias Enthüllungen haben eine Welt total ins Wanken gebracht, deren Ideologie sich stets auf Männlichkeit und Potenz stützte. Ähnlich dem italienischem Faschismus akzeptiert die Mafia kein Männerbild, das nicht mit dem konventionellen heterosexuellen übereinstimmt. Fiandaca (2007) spürt Parallelen zwischen dem faschistischen Männlichkeitsmythos und dem der Mafiaclane auf:

> [...] the Mafioso seems uninterested in sex. [...] Sexuality in this world is generally limited to fleeting sexual relations with wives and the company of ›women of loose morals‹ as an external show of virility (90).

Entsprechend der Sichtweise des klassischen Vertreters des Faschismus wird erotisches Vergnügen nur als Ventil für den männlichen Trieb betrachtet; Liebe wird nicht anerkannt, sondern als Ablenkung vom Auftrag der Cosa Nostra gesehen (Fiandaca, 90). Was Fiandaca hier bekräftigt, geht eindeutig auf Marinettis Positionen zurück, die er in seinem *Manifesto Contro il Matrimonio* von 1919 formuliert. Ravetto (1994) bestätigt, dass Marinetti

> [...] substitutes the threatening fatal, amorous woman with the more animalistic natural woman who is once again objectified (domesticated) as the vessel of man's reproductive capacity – a mere bodily extension of the male productive powers. (35)

Offensichtlich ist, dass die bei Faschisten und der Mafia gleichermaßen vorherrschenden Vorstellungen von Männlichkeit nicht allein auf der Einstellung von Männern gegenüber Frauen fußen, sondern auf einer Reihe anderer Elemente, die die Komplexität des Problems markiert. Die besondere Aufmerksamkeit, die diesem Element hier zuteil wird, ist der Tatsache geschuldet, dass in *Acqua Storta* durchgehend eine Vorstellung von Männlichkeit präsentiert wird, die sich hauptsächlich in dem zwanghaften Bedürfnis seitens des Protagonisten artikuliert, sowohl Männern als auch Frauen gegenüber eine Haltung der Überlegenheit einzunehmen, eine Haltung, die klar der faschistischen entspricht. In diesem Zusammenhang muss erwähnt werden, dass das italienische Regime, aber auch die in Carrinos Roman dargestellte Variante eines Mafiaclans ihren Begriff von Männlichkeit verlagert haben, und zwar von der platonischen Sichtweise – wie die im Athen der Antike vorherrschende, die Frauen auf die Funktion eines Reproduktionsgefäßes reduzierte und keine homophobe Vorstellung von Männlichkeit entwickelte – hin zur rein physischen, der zufolge Männlichkeit sich durch körperliche Überlegenheit auszudrücken hat. Oder anders gesagt, der Faschismus betrachtete ein korrumpiertes heterosexuelles Verhalten als Bedrohung seiner patriarchalischen Ordnung. Das spiegelt sich in Carrinos Roman wider, wo die Zersetzung der patriarchalischen Ordnung zu einer Möglichkeit wird, als sich der Protagonist als unfähig erweist, sich seinen Gefühlen und seiner Frau zu stellen. Augenfällig wird das bei der Betrachtung des zwanghaften Verhaltens des Protagonisten in seiner Beziehung zu Mariasole, dem sich dieser Beitrag später eingehender annehmen wird.

Was das Verhältnis zwischen Mafia und Frauen betrifft, argumentiert Siebert (1996), dass

> [...] die Mafia die Frauen nicht nur ausdrücklich ausschließt [...], sondern aber auch eine eiserne und umfassende Kontrolle über die Privatsphäre ausübt. Männlichen Geschlechts zu sein, das ist es wohl tatsächlich, worauf es bei den Initiationsriten ankommt. Das Initiationszeremoniell bildet den Höhepunkt, der auf eine Phase der Beobachtung und der Selektion folgt. Nur die besten, schon durch den Blutpakt geeinten Männer betreuen die Neulinge. (25f.)

Ganz klar, wer auch immer einen Hemmschuh für das Gebilde eines virilen Clans darstellt, wie Frauen oder Homosexuelle, stellt auch eine Bedrohung dar.

Wie sich bei dieser Analyse herauskristallisiert hat, sind Systeme wie die des Faschismus und der organisierten Kriminalität, die auf einer festen, vorgefassten Anschauung von heterosexueller Männlichkeit basieren, unfähig, Homosexualität zu akzeptieren, und lehnen sie konsequenterweise strikt ab. Im Ergebnis befördert diese Zurückweisung bei Homosexuellen, die Teil dieser Systeme sind, das ängstliche Bestreben, sich der Norm der Heterosexualität anzupassen. Dieses Bestreben führt zu einer Verdrängung der eigenen Bedürfnisse, die jedoch nicht dazu angetan ist, eine längerfristige Lösung zu sein für den inneren Konflikt zwischen dem, was das System verlangt, und dem starken Verlangen, die eigene homosexuelle Natur sich behaupten zu lassen.

II. Dekonstruktion der Männlichkeit und die unvermeidliche Bejahung der homosexuellen Identität

Acqua Storta, geschrieben in der ersten Person, zeigt die starke psychische Aktivität von Giovanni, einem homosexuellen Gangster, der einerseits versucht, seine Veranlagung zu unterdrücken, um sie andererseits im Geheimen auszuleben.

Carrino gestaltet das Ego des Protagonisten in zwei verschiedenen, synchron ablaufenden Phasen, wobei sich in der ersten die homosexuelle Neigung durchsetzt und die heterosexuelle Männlichkeit eine Dekonstruktion erfährt, während das homosexuelle Verlangen in der zweiten Phase zerstört und die Männlichkeit wiederhergestellt wird.

Während des Prozesses der Dekonstruktion der Männlichkeit spielt die zwanghafte Sorge eine wichtige Rolle.

Nach Leahy (2005) versteht man unter Sorge einen instinktiven Verteidigungsmechanismus, der Individuen dabei hilft, sich einer Realität anzupassen, die als unsicher eingeschätzt wird. (23) Menschen empfinden Sorge als Mittel zum verantwortlichen Handeln, da man in einem Klima der Ungewissheit allen nur möglichen negativen Ausblicken vorgreifen und Strategien zu deren Bewältigung entwickeln kann. (23) Zwar manifestiert sich Sorge auf unterschiedliche Weise, aber das charakteristische Merkmal ist stets die zwanghafte Analyse der Situation und ein ständiges Grübeln über die Vorgänge (28).

Zunächst gibt Giovanni seinem homosexuellen Verlangen nach, was das Bewusstsein der Figur für die Notwendigkeit, sich mit seinem wahren Selbst zu arrangieren, signalisiert.

Zu Beginn des Romans gesteht der Protagonist seine Leidenschaft für Salvatore ein und berichtet ohne Umschweife darüber:

> [...] ich zieh ihm das T-Shirt aus der Jeans und schnalle seinen Gürtel auf. [...] Ich küsse sein Haar, seine Ohren, sauge an seinem Nacken, fahre mit der Zunge über die Erhebungen zwischen den Schultern [...] Dort ist der Geschmack anders, intensiver. [...] Diesmal nicht. Diesmal ist es eine reine Männersache. [...] Diesmal nicht, diesmal ich und Salvatore. (21)

Diese detaillierte Aufzählung offenbart die Neigung des Protagonisten, die Ereignisse zwanghaft kontrollieren zu müssen. Handlungen werden gemäß ihrer logischen Abfolge beschrieben, und anstatt sich darauf zu beschränken, Eindrücke und Gefühle zu schildern, die sich während des Geschlechtsaktes mit Salvatore einstellen, liefert Giovanni kontinuierlich Rechtfertigungen für seine »unkonventionellen« und unmännlichen Verhaltensweisen. Mehr noch, nachdem er den Geschlechtsakt mit seinem Partner beschrieben hat, gibt Giovanni, der als von einem überbordenden Schuldgefühl geplagt beschrieben wird – was symptomatisch ist für die unaufhaltsame Dekonstruktion seiner nur auf Äußerlichkeiten beruhenden Männlichkeit und der sich daraus entwickelnden zwanghaften Sorge –, seine Gründe an. Auf diese Weise enthüllt der Autor den von der Figur empfundenen Drang, ihrer Homosexualität zum Durchbruch zu verhelfen.

Die zwanghafte Genauigkeit, mit der Giovanni seine sexuellen Erfahrungen mit Salvatore wiedergibt, regt zu Überlegungen an hinsichtlich einer – bis zu einem gewissen Grad – vorhandenen Sucht des Protagonisten, sich nicht nur äußerst wachsam zu verhalten, sondern auch über die Ereignisse nachzugrübeln, was zu Sorge und Bedrängnis führt. Das wiederholte Nacherleben von Vorkommnissen, die Bedrängnis hervorgerufen haben und wieder hervorrufen, kann in der Realität Opfern von Repression und Diskriminierung helfen, eine klarere Einschätzung ihrer Situation vorzunehmen. Diesbezüglich stellt Cowan (1968) fest:

»Since the words mean the sensations, we can learn the meaning of the words by, and only by, experiencing, having, the sensations or feelings to which they refer.« (15)

Giovannis Schilderungen, die seinem Grübeln entspringen, könnte man so als Versuch einordnen, den

Kern seiner Bedrängnis zu erfassen und seine Homosexualität zu akzeptieren, ganz bewusst. Dieser Prozess nimmt jedoch im Opfer zwanghafte Züge an. Leahy bestätigt, dass Sorge durch die nicht kontrollierbare Neigung des Menschen, über peinigende Erfahrungen nachzudenken, verstärkt wird:

> Worriers are intolerant of uncertainty. […] You believe that you can consider all of the possible ways that something can go wrong and reduce the uncertainty by collecting information and considering every alternative. This, of course, increases the sense that things are out of control. So you worry even more. (27).

Mit anderen Worten, Giovanni befindet sich in einem starken inneren Konflikt zwischen dem, was das System, in dem er steckt, festgeschrieben hat, und seinem homosexuellen Verlangen, das schließlich von ihm bewusst angenommen wird – ein Punkt, über den an späterer Stelle noch zu sprechen sein wird. Folgt man Cowans und Leahys Worten, so könnte Giovannis zwanghaftes gedankliches Wiederholen seiner Handlungen als Versuch interpretiert werden, seine homosexuelle Seite zum Vorschein zu bringen und, in aller Konsequenz, seine Männlichkeit trotz der Ablehnung durch das System zu dekonstruieren.

> [...] Aber das mit Salvatore und mir ist ein Geheimnis in dieser Stadt. In dieser Stadt, wo alles hinter geschlossenen Türen geschieht, die Salz über die Schulter wirft, um das Böse und das Unglück abzuwenden. In unserer Stadt sind wir Waisen, sozusagen, und wir machen auch unsere Kinder zu Waisen, früher oder später.

> Wir werden erschossen, irgendwann schießen sie auf jeden von uns. Wir müssen leben wie die Maulwürfe, unter der Erde. Und dort sind wir, unter der Erde. (14)

Mit seinen Worten offenbart der Protagonist, dass ihm seine Sexualität gegenwärtig ist und er offenbart eine Haltung, die im Kontrast steht zur heterosexuell-männlichen.

Selbst wenn Umstände Giovanni nötigen, eine heterosexuelle Attitüde an den Tag zu legen, macht sich sein homoerotischer Trieb mit aller Kraft bemerkbar und wird von ihm auch als solcher erkannt.

Als er in der Strafanstalt miterlebt, wie seine Mitinsassen einen aus ihrer Mitte missbrauchen, erlaubt er sich homoerotische Phantasien ungeachtet seiner Entscheidung, sich nicht an den sexuellen Handlungen zu beteiligen.

> [...] Nicht mal Caterina, die Pasquale der Aufseher alle zwei Wochen heimlich zu uns hereinlässt, nicht mal Caterina hat eine solche Wirkung auf mich. Ich bin erregt, und man sieht es mir an. So einen Ständer hatte ich noch nie in meinem Leben [...] Aber ich möchte Michele wirklich vögeln.

Diese Passage wird verständlich, wenn wir Mielis Aussage hinzuziehen, wonach: »[...] homosexual desire continuously shifts around, with a view to overcoming the barrier that forces it to remain unconscious [...]« (81). Das zeigt sich auch in Giovanni, als sich das homoerotische Verlangen vehement in ihm bemerkbar macht und als solches vollkommen richtig wahrgenommen wird.

Doch nicht immer wird dieses Verlangen seitens des Protagonisten ausdrücklich als solches begriffen, sondern manifestiert sich jenseits seines Bewusstseins.

Gelegentlich wird Giovanni als ein Charakter beschrieben, der sich nicht nur als unfähig erweist, Situationen auszuweichen, die ihn in seiner homosexuellen Neigung ansprechen, sondern dass er sogar instinktiv nach diesen Situationen Ausschau hält. Man kann dies als unbewussten Ausdruck seines homoerotischen Verlangens betrachten. So berichtet er Folgendes:

> Irgendwann finde ich mich auf dem Parkplatz in Agnano wieder, in der Nähe der Rennbahn. Eine Menge Leute kurven dort herum, auf der Suche nach einem schnellen Fick. Ist doch noch gar nicht so spät, denke ich, nicht mal Mitternacht, aber ich weiß auch, dass es in Agnano zu jeder Tages- und Nachtzeit so zugeht. (41)

Die Irrfahrt Giovannis im Anschluss an einen Streit mit Salvatore, an deren Ende er sich auf einem Parkplatz wiederfindet, wo Männer auf der Suche sind nach Gelegenheitssex, wird als instinktiver Akt beschrieben, der Giovanni Gelegenheit bietet, zu seinem homoerotischen Verlangen zu stehen. Es gibt kein Anzeichen, dass es Giovanni bewusst wäre, was ihn bewogen hat, zu einer Stelle zu fahren, wo schwule Männer Sex miteinander haben und die ihn zudem überaus fasziniert. Und es lässt sich unschwer daraus ableiten, dass die Möglichkeit, seinem Trieb nachgeben zu können, Giovanni Befriedigung verschafft. Der sich anschließende einvernehmliche Geschlechtsverkehr mit zwei Männern bietet Giovanni ein Ventil für aufgestaute Span-

nungen, deren Ursache sowohl in der selbst auferlegten Unterdrückung als auch im Streit mit seinem Partner zu suchen ist.
Giovannis homoerotisches Verlangen steigert sich in einem Maße, dass es seinen Verstand blendet. »Ich überlege kurz. Es ist nicht so, wie Salvatore sagt. Trotzdem, ich kann alle ficken, die ich ficken will, wenn ich ficken will. Schließlich bin ich zu allem fähig.« (42)

Diese Behauptung, Ausdruck der Zuversicht Giovannis, Herr seiner Gefühle zu sein, kann als instinktive und unlogische Rechtfertigung seiner Handlungen angesehen werden. Hier zeichnet Carrino eine Persönlichkeit, die dem Impuls folgt, ihr wahres Selbst anzuerkennen, jedoch unfähig ist, das zu erfassen.

Während Giovanni sich bei anderen Gelegenheiten seiner schwulen Identität bewusst ist und ganz bewusst versucht, sie zu bejahen, akzeptiert er sie hier, ohne es zu realisieren. Sex mit Männern befriedigt ihn, hier findet er die Erfüllung, die er nirgendwo findet, auch nicht bei seiner Frau Mariasole, wenn er bekennt: »[...] im Moment stehe ich das kaum durch mit ihr [...]« (41) oder in Bezug auf den Acqua-Storta-Clan: »Wir sind Maulwürfe, die Fehler machen. Ein Fehler ist eine Kugel, der man ausweichen muss. Früher oder später passiert es, und wenn man nicht aufpasst, wird man am Ende beseitigt.« (41).

Zudem scheint Giovanni nicht in der Lage, seine eigenen Instinkte zu verstehen, die sich kontinuierlich manifestieren und die unbewusste Natur seines schwulen Verlangens bloßstellen.

So erzählt Giovanni, dass

> Salvatore [...] nichts [sagt], er starrt auf den Mond und rührt sich nicht. Ich drehe mich um, will sehen, was mit dem Mond los ist. Aber mit dem Mond ist nichts los. Er ist nur sehr weiß heute Nacht und irgendwann kann ich es nicht mehr ertragen und mache die Augen zu. (61)

Mit diesen Zeilen verdeutlicht Carrino die Unfähigkeit des Protagonisten, Salvatores Handlung nachzuvollziehen, der sich in einer romantischen Stimmung befindet; und doch spürt Giovanni das Bedürfnis, dem Verlangen des Partners nachzugeben, was zeigt, dass es ihm nicht möglich ist, seinem wahren Selbst auch auf der unbewussten Ebene zum Ausdruck zu verhelfen.

Wie die angeführten Beispiele gezeigt haben, nehmen Giovannis bewusste und unbewusste Versuche, sein homoerotisches Verlangen zu bejahen, zwanghafte Züge an. Diesbezüglich stellt Mieli fest, dass

> [...] the general neurosis that affects everyone in our society is largely a function of the social suppression of the gay desire, its forced repression and its conversion into pathological symptoms [...] there is no genuine liberation without the liberation of the gay desire. (62)

Trotz seiner scheinbaren Männlichkeit, die er in der Öffentlichkeit stets zur Schau trägt, ist Giovannis Welt durchdrungen von Homosexualität, die er als etwas Intimes begreift, das es zu verbergen gilt. Hierzu führt Mieli aus: »Many ›heterosexuals‹ have decisively repressed their own homosexual desire [...] as something intimate and essentially shameful, which is not to be communicated.« (Mieli, 1980: 81).

Doch Giovannis Sexualität gelingt es zumindest tendenziell, diese Entfremdung zu überwinden durch das, was Mieli die »educastration« (54) des patriarchalischen und virilen Systems seines – Giovannis – Camorra-Clans genannt hätte. Und so scheint es unmöglich, die eigene Homosexualität zu verdrängen, weder bewusst noch unbewusst, und das schließt die unausweichliche, sich in Schritten vollziehende Dekonstruktion der heterosexuellen Vorstellung von Männlichkeit ein.

2. Die Konstruktion von Männlichkeit und die konsequente Vernichtung der Identität.

Anders als Romane wie *Arturos Insel* (1957) von Elsa Morante oder Vladimir Luxurias *Le Favole non Dette* (2009), die utopische Visionen von Homosexualität anbieten, oder Romane, die die Kapitulation Homosexueller vor homophober Unterdrückung schildern, konfrontiert uns Carrinos Roman mit einem tragischen *finale.* Während die Autoren vorangegangener Werke einen Kompromiss finden zwischen repressiven Systemen und dem verzweifelten Versuch von Menschen zu überleben, entscheidet sich Carrino mit dem von der Ehefrau ausgeübten Mord an Giovanni für eine Lösung des Konfliktes. Im ersten Teil des Romans erscheint Giovanni »reluctantly queer«, um einen von Parussa (2004: 173) verwendeten Begriff aufzugreifen. In der Tat erkennt die Romanfigur ihre Homosexualität, ist aber unfähig und nicht willens, sie offen zuzugeben. Allerdings lässt dieses Widerstreben im weiteren Handlungsverlauf schrittweise nach, ebnet jedoch einer noch ausgeprägteren heterosexuellen Männlichkeit den Weg.

Der Zwang zur Verdrängung seines homoerotischen Verlangens bildet den Hauptgrund für Giovannis Bemühen, eine Fassade heterosexueller Virilität aufzubauen. Greifen wir an dieser Stelle zurück auf Leahys Theorie und seinen Begriff von »thought stopping«, den er folgendermaßen definiert:

> [...] attempts to suppress thoughts [...] actually le[ads] to an increase in these thoughts after the suppression. Thus if you suppress for ten minutes, you will have a substantial increase after the ten minutes is over. Thought stopping is based on the idea that you cannot stand having a certain kind of thought – say, an obsession or a worry. (40)

In Carrinos Roman nötigt die Sorge, als schwul erkannt zu werden, Giovanni dazu, allen Gedanken und Antrieben in Verbindung mit seinem homoerotischen Verlangen Einhalt zu gebieten. Dieser Prozess verstärkt jedoch sein zwanghaftes Denken, wenn er sich sagt:

> Aber im Grunde ist doch nichts dabei, wahrscheinlich habe nur ich alle möglichen Filme im Kopf. Das hat mir noch gefehlt: Ich muss mich beruhigen, darf jetzt nicht in Panik geraten. Die Leute könnten es förmlich riechen, wenn sie merken, wie unsicher und nervös ich bin. (14)

Hier unternimmt die Figur den Versuch, sich selbst zu beruhigen, um so die Sorge in den Griff zu bekommen. Leahy führt hierzu aus, dass dieses Sich-selbst-Beruhigen den Betroffenen eine temporäre und auch sonst nur begrenzte Erleichterung verschafft, die allerdings dazu führt, dass sich ein Verlangen nach mehr Beruhigung einstellt; ein solcher Prozess wird zwanghaft und führt in die Abhängigkeit, denn, so Leahy: »[...] you can always doubt the reassurance later« (38), und doch stellt sie eine beschränkte Form von Sicherheit zur Verfügung. Diese Strategien der Selbsttäuschung bewahren Menschen vor einem Leben in Ungewissheit, der erste Schritt hin zu einer Überwindung der zwanghaften Sorge (Leahy, 39). Tatsächlich berichtet Giovanni einige Seiten später:

> Ich höre eine Stimme, irgendwo im Haus, die ganz laut »Heilige Maria« sagt. Jemand hört die Messe im Radio. Der Chor »Bitte für uns Sünder« dröhnt wider in meinem Kopf. Ich fasse einen Gedanken und höre »Bitte für uns Sünder«, ich fasse noch einen Gedanken und dann die schon wieder: »Bitte für uns Sünder« ...
> Es kommt mir so vor, als würden die alle in meinem Schädel sitzen und beten. Ich habe den Eindruck, alle wissen, was ich treibe, alle wissen von mir und Salvatore, alle wissen und beten, bitten »für uns Sünder.« (39)

Offensichtlich hat Giovannis Obsession hier eine Größenordnung erreicht, die seine Psyche tief verstört. Der Leser hat es nicht mehr mit einer durchschnittlichen und nachvollziehbaren Sorge bezüglich der Verdrängung eines homoerotischen Verlangens zu tun, vielmehr gerät Giovanni durch seine Obsession psychisch beträchtlich aus dem Gleichgewicht, was zur Umkehrung seiner Haltung führt:

> Plötzlich überfällt mich blanke Wut. Diese Vanilleeclairs in meinen Händen, am liebsten würde ich sie gegen die Wand werfen, auf die Treppe, und dann laufen, laufen, wie ich bei Salvatore die Treppen hochlaufe. Nach oben, die Tür öffnen, alle umbringen. (40)

In diesen Zeilen wird das Bemühen evident, Männlichkeit durch Ausübung brutaler Gewalt zu konstruieren.

Mit der sich sukzessive verstärkenden Obsession des Protagonisten geht die Konstruktion einer heterosexuellen, virilen Haltung einher, die zunehmend manifester wird, um die homosexuelle Persönlichkeit des Charakters zu dekonstruieren. Diese beiden Prozesse sind eng miteinander verwoben, folgen einander und können als Ursache und Wirkung begriffen werden.

Eine solche Dekonstruktion von Homosexualität kann vor dem Hintergrund von Laughlins Konzept der Verdrängung betrachtet werden (1974). Laughlin postuliert ein enges Verhältnis zum Bewusstsein. Ein Mensch, der unter peinigenden, verstörenden und unannehmbaren Gedanken leidet, unterdrückt diese bewusst aus Gründen des Selbstschutzes. Laughlin nimmt hier die Freud'sche Sichtweise an, der zufolge unter Verdrängung »the means whereby instinctual drives [are] controlled« (Laughlin, 38) verstanden wird. Durch Verdrängung wiegt sich der Mensch in der Illusion, das Leiden auslöschen zu können. Der Mechanismus der Verdrängung löscht das Leiden jedoch nicht vollständig aus, denn der Betroffene weiß ausdrücklich, dass er einen Gedanken verdrängt, was das verdrängte Objekt lediglich daran hindert, das

Bewusstsein gänzlich zu durchdringen (zumindest was die primäre Verdrängung betrifft). Oder anders ausgedrückt, das Individuum erfährt eine Verlagerung der Aufmerksamkeit, weg von der Ursache des Leidens – im Falle Giovannis der Verdrängung der Homosexualität: hin zur Bejahung einer anderen, fremden Realität – der Heterosexualität. Wenn sich im Individuum die Wiederkehr des Verdrängten vollzieht, signalisiert Sorge die Gegenwart einer neuen Bedrohung, die in der Lage ist, sein oder ihr Gleichgewicht zu destabilisieren und innere Konflikte zu schaffen (29). Wie jeder andere mentale Verteidigungsmechanismus ist diese bewusste Verdrängung nicht in der Lage, das Leiden des Betroffenen auszulöschen, wenn sie auch die Effekte abzuschwächen vermag.

Auf den ersten Seiten des Romans zeigt Giovanni seine Männlichkeit, indem er sich die Denkweise zu eigen macht, die das patriarchalische System des Acqua-Storta-Clans vorgibt und die im starken Kontrast steht zu seiner antimännlichen Seite. Durch das dem Roman vorangestellte Zitat des Eides der Palillo untermauert Carrino die wichtige Rolle traditioneller Werte, die ein System der organisierten Kriminalität aufstellt und denen ein Gangster zu folgen hat: »Ein Camorrista sollte immer mit dem Kopf denken, niemals mit dem Herzen.« (2) Zu den Werten, die Männlichkeit ausmachen, gehört der Respekt vor der Familie, wie Giovanni vom Boss des Acqua-Storta-Clans – seinem Vater – in Erinnerung gerufen wird: »Papa umarmt mich [...] Er sagt, ich solle Mariasole gut behandeln, ihr Respekt entgegenbringen [...]« (80)

Das Bild von Mariasole drängt sich ständig in Giovannis Bewusstsein, sozusagen als wiederkehrende Mahnung, dass er einem Clan angehört, der unkonventionelles Sexualverhalten zutiefst ablehnt: »Einen Augenblick lang habe ich gedacht, es sei Mariasole mit einer Perücke auf dem Kopf. Mariasole, die mir nachgefahren ist, die wissen, die verstehen will.« (14) Männlichkeit zeigt sich zudem darin, dass nur der »ein richtiger Mann« (29) ist, der physisch überlegen ist. Und so berichtet Giovanni dann auch: »[Ich] sehe Michele an, der erwidert meinen Blick, angeekelt und wütend. In mir steigt eine jähe Wut hoch und ich schlage ihm eins in die Fresse, dass er vom Wäschekorb nur so runterfliegt.« (29)

Diese Bilder tragen dazu bei, dass sich Giovannis Aufmerksamkeit nicht länger auf seine zwanghafte Vorstellung richtet, ein Außenseiter innerhalb des Systems des Clans zu sein, und können als Manifestationen selbstinduzierter Verdrängung bezeichnet werden. Nach Laughlin sind »mental mechanisms [...] defensive operations [which] develop within the psyche for the general purposes of helping individuals to improve their adaptation to life, and to bolster their psychologic defences.« (2) Als unmittelbare Antwort auf Bedrohungen von innen wenden Individuen spezifische mentale Mechanismen an. Unter »Bedrohungen von innen« versteht Laughlin innere Konflikte, die sich aus dem ergeben, was der Mensch im Laufe seines Lebens verinnerlicht hat, und dem, was die Gesellschaft ihm oder ihr auferlegt (5). Beginnt ein Individuum, eine Bedrohung von innen zu empfinden, entwickelt es

Gefühle von Bedrängnis, Angst, Zwang und Depressionen (2). Der Moment ist gekommen, wo das menschliche Bewusstsein versucht, sich vor dem Leiden zu schützen und eine Barriere errichtet, um es zu vermeiden. Selbstverdrängung ist einer dieser mentalen Mechanismen und kann vorübergehend als Palliativum für das leidende Opfer dienen.

Und das genau geht in Giovanni vor, wenn sich sein homoerotisches Verlangen durchsetzt und er es systematisch verdrängt, indem er ihm heterosexuell-männliche Gedanken gegenüberstellt: »Nachts wimmelt es an der Litorale Domizio nur so von schwarzen Frauen, aber auch von Frauen aus Osteuropa [...] Ich halte vor einer, die viel zu schön ist, viel zu schwarz und schamlos [...]« (72). Diese Episode hat zudem symbolischen Gehalt, wenn der Leser in Betracht zieht, dass sich das Erzählte abspielt, bevor Giovanni seinen Vater trifft. Bevor er der höchsten Autorität des Clans gegenübertritt, kann er dank der sexuellen Begegnung mit der Prostituierten seine männlichen Triebe ausleben und seine invertierten Instinkte abschütteln, die, wenn er ihnen folgte, in seinem System zu einem Eklat führten.

Gegen Ende des Romans führt die selbstinduzierte Verdrängung eine tragische Wendung herbei. Der Protagonist, nicht mehr länger in der Lage, durch Verdrängung seiner Gedanken Erleichterung zu empfinden, wählt eine radikale Lösung. Als mentaler Verteidigungsmechanismus erzielt Verdrängung nur vorübergehend eine positive Wirkung. Im Unterschied zu der von Freud definierten (1905) besteht diese Form von Verdrängung nicht darin, einen unangenehmen Gedanken, eine unangenehme Erfahrungen ins Unbewusste zu verbannen – dies würde eine relativ langfristige Lösung bedeuten –, sie besteht vielmehr in einer bewussten Verlagerung der Aufmerksamkeit von einer Vorstellung zu einer anderen. Der Betroffene ist sich der Ursache seiner Bedrängnis bewusst und neigt dazu, sie zu vermeiden.

In Carrinos *Acqua Storta* wird die Verdrängung von Gedanken, die ein homoerotisches Verlangen evozieren, zur Absicht, die Menschen physisch zu verdrängen, die in Verbindung stehen mit diesem Verlangen. Während der Autor mit dem Mord an Salvatore ein typisches Klischee des Schwulenromans bedient – Selbstmord und Mord symbolisieren das Auslöschen schwuler Identität –, verbildlicht er mit dem Tod des Protagonisten dessen Kapitulation vor der Homophobie. Mit anderen Worten, der neapolitanische Autor zeichnet ein Bild von Homophobie als etwas Unerbittliches, dem man nicht entkommen kann, etwas, was den Protagonisten zuerst erfüllt, um ihn anschließend zu zerstören.

Nach der sexuellen Begegnung mit den beiden Männern auf dem Parkplatz gibt sich Giovanni entschlossen:

> Aber jetzt muss ich sie aus dem Weg schaffen: keine Risiken, keine Häufchen Erde [...] Ich setze den Schalldämpfer auf [...] Zuerst schieße ich auf den Hund, dann gebe ich zwei Schüsse auf Luigi ab und zwei auf Pino [...] (21)

Ähnlich der Entwicklung in Bezug auf die Verdrängung seiner Gedanken erreicht auch Giovannis Trieb, jeden zu töten, der mit seiner Homosexualität in Verbindung steht, mit wachsender Angst eine immer dramatischer werdende Stufe:

> Ich habe meine Hände um deinen Hals gelegt [...] Du denkst wohl, ich muss etwas beweisen, weil ich dir vorhin mitten auf der Straße einen Kuss gegeben habe [...] du verziehst den Mund, als wolltest du lächeln, doch da fasse ich auch schon deinen Kopf mit beiden Händen und drehe ihn mit einem Ruck zur Seite [...] (44)

Mit diesem finalen Akt, gleichsam in einem verzweifelten Versuch, sein homosexuelles Verlangen auszulöschen, tötet Giovanni Salvatore. Carrino weist Salvatore so die Opferrolle zu, im doppelten Wortsinn – ein Opfer, von dem Giovanni sich die endgültige Erlösung von seiner »Inversion« erhofft. Tatsächlich ist Giovanni davon überzeugt, mit dem Mord an seinem Partner sein homoerotisches Verlangen auszulöschen:

> Wenn die Erde bebt, und wenn auch nur ein wenig, dann wissen wir, jetzt müssen wir laufen. Deshalb kehren manche Maulwürfe nicht mehr zurück in das Loch, das sie sich gegraben haben. (45)

Giovannis zwanghaftes Bestreben, sich seiner Männlichkeit zu versichern und seine Homosexualität sozusagen ungeschehen zu machen, lassen ihn seine Taten als gerechtfertigt ansehen, was den besonders hohen Grad an Entfremdung aufzeigt, die dem patriarchalischen System seines Clans geschuldet ist:

> Ein Mal, nur ein einziges Mal, haben wir so getan, als wüssten wir nicht, dass wir das Licht vergessen können. Und anstatt zu fliehen, haben wir den Kopf aus dem Erdhaufen gestreckt. (45)

Hierzu stellt Rahman (2000) in Erinnerung an Steven Epsteins Worte fest: »[...] the self understanding of lesbians and gays shape their politics. [...] the polity [...] of equal citizenship is partly a reflection of their increasingly [...] self-understanding.« (Rahman: 48) Insofern wäre es folgerichtig zu argumentieren, dass das System der organisierten Kriminalität durch die Förderung einer verzerrten Darstellung von Homosexualität darauf abzielt, das Selbstbewusstsein von Homosexuellen zu untergraben, um sich nicht der Situation ausgesetzt zu sehen, die Gleichberechtigung aller unterstützen zu müssen. Diese These erfährt ihre Bestätigung, wenn man bedenkt, dass: »[....] sexual identities and sexual conduct are formed through social processes of negotiation, regulation and interaction« (49), und wenn man bedenkt, dass das System der organisierten Kriminalität nur eine einseitige Version männlicher und weiblicher Sexualität anzubieten hat und nichts in Sachen Verhandlungsbereitschaft.

Die Entscheidung Giovannis, Salvatore zu ermorden, rechtfertigt jedoch auch seinen eigenen Tod. Der Zerfall seiner homosexuellen Identität treibt auf seinen Höhepunkt zu und Giovanni zusammen mit seinem homoerotischen Verlangen auf seine physische Vernichtung:

> *Eins.* Mit Schalldämpfer. Und da ist dieses starke Brennen hinten, im Rücken [...] *Zwei.* Ich hätte nie gedacht, dass es auch mich treffen wird. [...] *Drei.* In die Stirn. Und ich trete meinen Flug nach unten an. Es gelingt mir noch, den Kopf zu heben. Mariasole nimmt den Rucksack hoch [...] Aber ich bin froh, genau neben dir, genau so musste es kommen. Ich bin zufrieden [...] (45f.)

Mit diesem gleichnishaften *finale* beschreibt Carrino nicht nur die Grausamkeit eines Systems, das abweichendes Sexualverhalten nicht zulässt, sondern erzählt auch auf symbolische Weise von der Unmöglichkeit, die eigene Identität zu unterdrücken.

3. Schlussbetrachtung

Dieser Beitrag ist – aus dem Blickwinkel der Psychologie – der Frage nachgegangen, wie der Versuch, homoerotisches Verlangen zu verdrängen und auszulöschen, in Luigi Carrinos Roman *Acqua Storta* scheitert. Es wurde herausgestellt, dass die homosexuelle Identität kontinuierlich hervortritt und das Einschreiten mentaler Verteidigungsmechanismen gegen einen möglichen psychischen Zusammenbruch diesen lediglich hinauszögert und das Leiden nur begrenzt beherrschen kann. Wenn auch vereinzelt auf italienische Queer und Gay Studies zurückgegriffen wurde, um Homosexualität und homophobe Erscheinungen in einem abgesteckten nationalen Umfeld darzustellen, so liegt doch das Hauptaugenmerk dieser Arbeit auf der Analyse psychischer Abläufe, wie sie von Carrino in seinem Kurzroman geschildert werden.

Der Beitrag hat aufgezeigt, wie eindrucksvoll und klar Carrino die unerschütterliche homophobe Unterdrückung im System der Clane der organisierten Kriminalität zu beschreiben weiß und von dem verzweifelten Versuch eines Mannes erzählt, in einer Welt zu überleben, die ihn nicht akzeptiert.

Soweit es die Unterdrückung von Homosexualität betrifft, hat der Beitrag Parallelen zwischen dem Faschismus und der Mafia deutlich gemacht. Während andere Systeme wie die katholische Kirche Homosexualität verurteilen, diktieren Mafia und Faschismus eine starre Vorstellung von Männlichkeit, die darauf abzielt, in die Intimsphäre des Individuums einzugreifen.

Ferner wurde ein Prozess beschrieben, in dessen Verlauf sich das homoerotische Verlangen beim Protagonisten durchsetzt, um parallel durch die schrittweise Durchsetzung heterosexueller Männlichkeit ausgelöscht zu werden, was die Figur zu Hoffnungslosigkeit und Tod verurteilt. *Acqua Storta* gibt Einblicke in eine Welt, wo Entfremdung, Leiden und Verdrängung überlebensnotwendig sind. Carrino zeichnet ein schnörkelloses und zutiefst verstörendes Bild homophober Gewalt, die nicht nur von anderen, sondern auch von Homosexuellen selbst ausgeübt wird, die auf diese Weise sicherstellen, Teil des Systems bleiben zu können. Seinem fiktionalen Charakter zum Trotz bricht *Acqua Storta* darüber hinaus das Schweigen, das eine Wirklichkeit innerhalb der Welt der Mafia umgibt, der man sich bislang jedoch nur äußerst widerstrebend angenähert hat.

Bibliographie:

Benadusi, Lorenzo, *Il Nemico dell'uomo nuovo. L'Omosessualità nell'esperimento totalitario fascista*, Milano: Feltrinelli, 2005

Bellassai, Sandro, *The Masculine Mystique: Antimodernism and Virility in Fascist Italy*, Journal of Modern Italian Studies, 2005, Pp. 10:3, 314 - 335

Brugio, Guiseppe, *Mezzi Maschi, Gli Adolescenti Gay nell' Italia Meridionale. Una Ricerca Etnopedagogica*, Milano: Mimesis Edizioni 2008

Carrino, Luigi Romolo, *Temposanto*, Genova: Liberodiscrivere Editore, 2007

Carrino, Luigi Romolo, *Acqua Storta*, Padova: Meridiano Zero, 2008

Carrino, Luigi Romol, *Pozzoromolo*, Padova: Meridiano Zero, 2009

Carrino, Luigi Romolo, *Istruzioni per un Addio*, Roma: Azimut, 2010

Carrino, Luigi, Romolo, *Calore*, Roma: Senzapatria Editore, 2010

Cowan, Joseph L., *Pleasure and Pain*, New York: St. Martin's Press, 1968

Chiappaventi, Guy, *Le Lenzuola della Mafia*, [Documentary], La7, 2008

Dall'Orto, Giovanni, *La 'Tolleranza Repressiva' dell'Omosessualità. Quando un Atteggiamento Legale Diviene Tradizione*, in Arcy Gay Nazionale, *Omosessuali e Stato*, Bologna: Cassero, 1988

Dall'Orto, Giovanni, *Meditarranean Homosexuality*, in W. Dynes, Encyclopaedia of Homosexuality, New York: Garland, 1990

Davi, Klaus, *Intervista con il magistrato Ingroia*, [Online Interview], 11.07. 2008, verfügbar unter: http://www.youtube.com/watch?v=Nr3WdeacCRg

Duncan, Derek, *Reading and Writing Italian Homosexuality*, Hampshire: Ashgate, 2006

Ferrigno, Anna, *Ingroia: Mafiosi gay ci sono, ma si nascondono.* [Der Artikel erschien am 7. August 2008], verfügbar unter http://www.dazebao.org/news

Fiandaca, Giovanni, *Women and the Mafia*, New York: Springer, 2003

Freud, Sigmund, *Drei Aufsätze zur Sexualtheorie*, Frankfurt am Main: S. Fischer, 1967

Gentile, Emilio, *Fascism in Power: The Totalitarian Experiment*, in: Lyttelton, Adrian, *Liberal and Fascist Italy*, Oxford: Oxford University Press, 2002

Gentile, Emilio, *Le Origini dell'Ideologia Fascista* (1918 - 1925), Bologna: Il Mulino, 1996

Laughlin, Henry P., *Mental mechanisms: the mental mechanisms, repression, sublimation, identification, inversion, compensation, restitution*, Washington: Butterworths, 1963

Lark-Walsh, George, *Screening the Mafia: Masculinity, Ethnicity and Mobsters from The Godfather to The Sopranos*, Jefferson, North Carolina: McFarland & Company, 2010

Leahy, Robert, *The Worry Cure*, London: Piaktus Books, 2005

Luxuria, Vladimir, *Le Favole non Dette*, Milano: Bompiani, 2009

Mieli, Mario, *Homosexuality and Liberation: Elements of a Gay Critique*, London: Gay Men's Press, 1977

Morris, David, *The Culture of Pain*, Los Angeles: University of California Press, 1991

Morris, David, *Voice, Genre und Moral Community*, Daedalus, 1996, Vol. 125., No. 1. The MIT Press on behalf of the American Academy of Arts & Sciences

Parussa, Sergio, *Reluctantly Queer: In Search of the Homoerotic Novel in Twentieth Century Italian Fiction*, in: Cestaro, Guy, *Queer Italia*. New York: Palgrave, 2004

Rahman, Momin, *Sexuality and Democracy: Identities and Strategies in Lesbian and Gay Politics*, Edinburgh: Edinburgh University Press, 2000

Ravetto, Kriss, *The Unmaking of Fascist Aesthetics*, Minneapolis: University of Minnesota Press, 2001

Siebert, Renate, *Im Schatten der Mafia. Die Frauen, die Mafia und das Gesetz*. Aus dem Italienischen von Renate Heimbucher. Hamburg: Hamburger Edition, 1997

Spackman, Barbara, *Fascist Virilities: Rhetoric, Ideology and Social Fantasy in Italy*. Minneapolis: University of Minnesota Press, 1996

Ugarte-Perez, Javier, *La Administración de la vida*. Estudios Biopolíticos. Barcelona: Anthropos, 2005

Zanardo, Lorella, *Il Corpo delle donne*, Milano: Feltrinelli, 2010

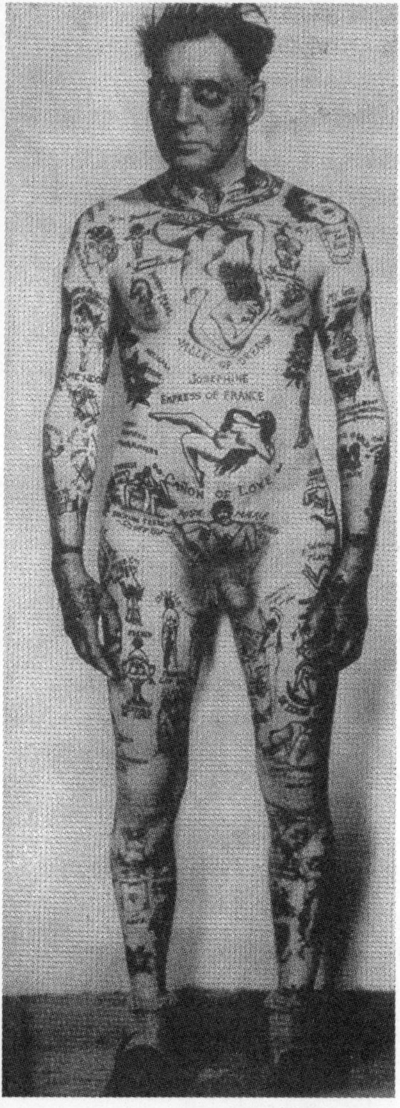

»Die außergewöhnlichste Krimireihe des Landes.«
Hannes Hintermeier, FAZ

»Pulp Master ist definitiv das härteste und schönste und unverbrüchlichste Label der Zunft.«
Tobias Gohlis
Krimitagebuch

“Als Label für Endeckungen hat Pulp Master fulminate Bedeutung.”
KrimiZEIT-Bestenliste.

Die grafische Version.

„...Aber bis es so weit ist, dürfen wir die Dominanz der Grafik bewundern, irgendwo zwischen Frans Masereel, José Antonio Muñoz und Marjane Satrapi. Großflächige holzschnittige, sorgfältig komponierte Schwarz-Weiß-Panels, die besonders bei Nachtszenen eine elegante Eiseskälte ausstrahlen, die jede Versöhnlichkeit abtötet. Scharfkantige Konturen, nur hin und wieder ornamental aufgebrochen und gleich wieder geschlossen. Fest gerahmt auch die sehr sinnvoll dezenten Sexszenen; formale Varianten höchstens einmal bei Rückblenden und Erinnerungen, aber auch da bleiben die Figuren und ihre Handlungen schon fast brutal von schwarzen Linien umschlossen."

Thomas Wörtche
culturmag.de

ISBN 978-3-941239-93-7